Marcellus M. Menke (Hrsg.)

Zukunftsgeschichten

Marcellus M. Menke (Hrsg.)

Zukunftsgeschichten

Texte von
Michael Quant,
Alexandra Kirschbaum,
Brian T. Ballmoor und
Pascal-David Dombeaux

editionHIC<

Marcellus M. Menke (Hrsg.)

Zukunftsgeschichten

Texte von Michael Quant, Alexandra Kirschbaum,
Brian T. Ballmoor und Pascal-David Dombeaux
editionHIC< 2017

Produktion: Creativity Cologne, Marcellus M. Menke

marcellus.m.menke@gmx.de

Bibliografische Information der Deutschen Nationalbibliothek:
Die Deutsche Nationalbibliothek verzeichnet diese Publikation in der
Deutschen Nationalbibliografie; detaillierte bibliografische Daten sind
im Internet über www.dnb.de abrufbar.

© 2017 Marcellus M. Menke
Layout, Covergestaltung und Satz:
Creativity Cologne, Marcellus M. Menke

Umschlagbild: Marcellus M. Menke, Areale IV 3 blue (Ausschnitt)

Herstellung und Verlag:
BoD – Books on Demand, Norderstedt

ISBN: 9783743159266

Inhalt

Zukunftsgeschichten

Als George Orwell seinen Roman „1984" schrieb, da war 1984 für Ihn eine noch recht ferne Zukunft. Für uns ist es heute Vergangenheit. Auch die Zukunft von Stanley Kubricks „2001" ist im Jahr 2016, dem bald auch schon vergangenen Präsens dieses Vorworts, Vergangenheit. Die Eigenschaft von Zeit ist es, zu vergehen.

Das Erzählen von Geschichten war der Beginn der Geschichtsschreibung. Geschichten zu erzählen, die in einer noch vor uns liegenden Zeit spielen, ist da in gewisser Weise ein Widerspruch. Es ist eine sympathische Verführung, die Qualität solcher Geschichten danach zu beurteilen, welche ihrer Annahmen und Voraussagen eingetroffen sind. Doch nur weil sie sich aufdrängt, sollte man nicht glauben dieser Verführung erliegen zu müssen. Ob Orwells Televisor von den damaligen Fernsehgeräten inspiriert ist, oder ob er die heute ihre Nutzer belauschenden Smart-TV's vorwegnimmt, ist nicht entscheidend für die Aussage seiner so wirkmächtigen Erzählung. Dass ein sich zur wohl größten Handelsplattform gemausert habender Internet-Buchhändler, im Jahr 2009 zeitweise Orwells Zukunfts-Roman von den elektronischen Lesegeräten seiner Kunden löschte, mag kurios erscheinen, angesichts der Tatsache, dass der Konzern in diesem Jahr in die Haushalte seiner Kunden eine mit einem freundlich klingendem Frauennamen benannte Dose liefert, in deren Innerem gleich sieben Mikrofone auf das lauschen, was in dem Raum passiert, in dem sie ihr stolzer Besitzer aufstellt.

Bisher sind die Erben Orwells offensichtlich noch nicht auf die Idee gekommen, mit dem neugierigen Buchhändler aus Seattle einen Rechtsstreit über die Verletzung von Patenten auszutragen. Auch die Inhaber der Rechte an den Werken Stanley Kubricks sind bisher nicht tätig geworden. Dabei hat vor knapp einer Dekade ein Konzern, der sich nach einem Stück Obst benennt, als Seiteneinsteiger einen stagnierenden Markt aufgekrempelt, indem er ein Telefon produzieren ließ, das Kubricks Idee umsetzte, statt mit Tasten einfach über die Berührung des Displays das Gerät zu bedienen.

Geschichten die in der Zukunft spielen, egal ob in einer nahen oder fernen, sagen auch immer etwas über die Gegenwart ihrer Verfasser aus. Interessant sind diese Texte, wie alle Literatur, wenn sie unabhängig von dem zeitlichen Kontext, den sie zum Thema machen, Geschichten erzählen, die den Menschen, sein Leben und seine Leidenschaft berühren. Eine gute Zukunftsgeschichte ist zeitlos.

Das ist auch das, was ich diesen Geschichten wünsche.

Marcellus M. Menke im Dezember 2016

Michael Quant

_nature2

Geschichte
aus der Zukunft

Erstveröffentlichung 2014
Edition FuturZWEI
Köln – New York

.0.001

Eine kleine Schleife lag hinter dem Grab. Vincent bückte sich und hob sie auf. Langsam ging er zum Ausgang des Friedhofs. Er schaute auf die Uhr. Es war bereits nach 18:00:00. Er wunderte sich, dass um diese Zeit noch ein Vogel flog. Eigentlich war die Ausflugzeit bereits lange vorbei. Auch war die SO_2 Konzentration um diese Zeit schon so hoch, dass ein biologisches Lebewesen ohne Atmungsunterstützung sich besser nicht mehr im Freien aufhalten sollte. Vincent fragte die Parameter der Außenluft ab. Ja, er hatte Recht gehabt. Der Vogel durfte da nicht fliegen, beziehungsweise, wenn er so biologisch war, wie sein zerzaustes Gefieder aussah, dann konnte er es gar nicht.

Eine Woche später. Vincent war in einem der freigegebenen Parks. Die Mittagssonne schien und ein frischer Wind wehte von links nach rechts durch den Park. Er musste wieder an den Vogel denken. Die Eule auf der kleinen Esche am Wegrand, hinten, ganz am Ende des hellgrauen Aschewegs, hatte einige Federn, die genauso zerzaust waren, wie die des Vogels. Vincent schlug im Omni-Lex den Begriff „Eule" nach und verknüpfte ihn mit den Suchworten „Tageszeit" und „Aktivität". Eigentlich war sie in der Nacht aktiv, die Eule, stand da, aber für die renaturierten Parks mit den meist auf kleinem Raum komprimierten und für eine hohe humanoide Nutzerfrequenz konzipierten Umwelten waren Tiere, deren Aktivitätsphasen außerhalb der Hauptnutzungszeit lagen, ökonomisch sinnvoll nicht einsetzbar. Das Ziel einer wohnraumnahen Biodiversität ließ sich nur durch eine züchterische Anpassung bestimmter Arten erreichen. Ein konsequenter Schritt, möglich durch den Erfolg der modernen Bio-Genetik und der algorithmenunterstützten Züchtungsforschung.

Vincent bewunderte die Kollegen durchaus für ihre Kreativität und die vielen innovativen Ideen. Er selbst hatte einmal für ein Planfeststellungsverfahren die Rechnerkonfiguration für die Simulation des ökologischen Zusammenspiels der für den Park ausgewählten Artenzusammenstellung entwickelt. Das waren ganz und gar nicht triviale Probleme, die da gelöst werden mussten. Ein einziger Populationsrepräsentant bestand aus bis zu drei Milliarden Vektoren. Auch nur einen mittelgroßen Park für mehr als einen Tag durchzurechnen, selbst wenn man die Pfadvarianz auf einige dutzend Möglichkeiten einschränkte, war eine Aufgabe, mit der ein durchschnittliches regionales Rechenzentrum überfordert war. Er hatte damals, weil die Ressourcen für das Projekt nicht da waren, zu einem einfachen Trick gegriffen. Mit einem kleinen selbst geschriebenen Robot hatte er auch die nichtannocierten Leerlaufzeiten der benachbarten Zentren in die Simulation eingebunden, dynamisch zwar, und so stand nicht für den gesamten Simulationslauf immer alle Rechenleistung zur Verfügung, aber er hatte stets ausreichende Kapazitäten um den Hauptprozess so schnell laufen zu lassen, dass er nie unterhalb der Echtzeitschwelle war. Das war ein interessantes Projekt gewesen, damals.

.0.002

Vincent wunderte sich, dass sich Marta nicht meldete. Sie hatte eigentlich gestern kommen wollen. Es war nicht ungewöhnlich, dass sie mal einen oder auch zwei Tage später kam, aber es war ungewöhnlich, dass sie keine Nachricht schickte. Vincent schaute in das Log: Es gab keinen Eintrag. Er erweiterte den Filter für die Anzeige: vergeblich. Kein Eintrag von Marta. Das konnte doch nicht sein, dachte Vincent. Hatte sie sich nicht gestern noch gemeldet? Oder war es doch schon vorgestern? Er vergrößerte das Zeitfenster. Die Warnung, dass bei einem Suchintervall von mehr als sieben Tagen die Anzahl der Logeinträge möglicherweise die dynamische Ausgabeanpassung außer Funktion setzen könnte, ignorierte er. Doch da war nichts zu filtern oder anzupassen. Die Suchanfrage lieferte genau null Treffer. Es gab keine Einträge von Marta. Hatte er ihren Namen falsch eingegeben? Gab es ein Problem mit dem Treiber des Eingabemoduls? Er überprüfte es. Nein, alles in Ordnung, zumindest mit dem Modul.

.0.003

Aus Asien kam, über einen versehentlich noch offen gelassenen Kanal, die Anfrage eines Kollegen. Natürlich hätte er ihn wegklicken, oder die auf dem Server des Kollegen ja auch laufende Weltzeituhr einblenden können, um so diskret zu zeigen, dass er schon lange Feierabend hatte, aber er ging dran. Die Hilfe bei der kleinen Frage des Kollegen dauerte zwei Stunden, was dazu führte, dass Vincent die Sache mit Marta an diesem Abend vergaß.

Die Sache mit den nicht auffindbaren oder vielleicht gar nicht mehr vorhandenen Nachrichten von Marta – diese Möglichkeit war ja nicht auszuschließen –, kam Vincent erst wieder ins Gedächtnis, als er den Namen des asiatischen Kollegen, dem er, mitten in der Nacht, beim Bugfixing geholfen hatte, nicht fand. Das Gespräch war erst einen Tag alt. Es musste im Log dieser Woche sein. War es aber nicht und auch nicht im Log der letzten. Da war ein Fehler im System. Vincent beschloss, sich das genauer anzusehen. Heute hatte er keine Zeit dafür. Da waren noch eine ganze Reihe von Chron-Jobs, die termingerecht modifiziert werden mussten. Das hatte Vorrang. Aber morgen würde er das ganze System mal gründlich unter die Lupe nehmen.

Wenn notwendig, würde er es bis zur kleinsten Schraube zerlegen.

.0.004

Die kleinste Schraube war die des Interface, die letzte, die er hatte lösen müssen, um an die untere Platine zu kommen. Sie war unter den Küchenschrank gerollt. Zu dumm auch, dass die Spitze des Magnetgreifers abgebrochen war. Mit der bloßen Hand kam er da nicht dran. Wenn er wenigstens wüsste, unter welcher Ecke des Schranks die Schraube lag. Dann könnte er vielleicht mit einem Luftstoß vorsichtig so unter den Schrank blasen, dass die Schraube hervorkommen würde. Er modellierte eine Simulation des Falls der Schraube vom Tisch unter den Schrank. Aber das brachte gleich sechs mit gleicher Wahrscheinlichkeit bewertete Ergebnisse und die waren gleichmäßig über die Fläche des Fußbodens unter dem Schrank verteilt. Es war auch wirklich eine dumme Idee, das Interface in einem so unstrukturierten Raum wie der Küche auseinanderzunehmen. Vincent ärgerte sich.

Dann kam er auf die Idee, statt mit einem Luftstoß einfach mit dem Staubsauger an den Schlitz zwischen Küchenschrank und Boden zu saugen. Vielleicht würde das ja die Schraube wieder hervorbringen. Er stellte den Staubsauger auf volle Leistung. Es klackte im Rohr des Saugers. Das war Metall, also erfolgreich, dachte

Vincent. Doch als er den Staubsaugerbeutel aufschnitt war das einzig Harte, das er in dem feucht schimmligen stinkigen Staubmuff fand, ein Kirschkern. Der war das Klack gewesen. Schade.

.0.005

Das Interface im Schlafzimmer war nicht ganz richtig justiert, wohl lange nicht mehr benutzt, aber Vincent brauchte jetzt auch nur eine einfache, schnelle Verbindung.

„Ist das ein Notruf?", hörte Vincent eine weibliche Stimme aus dem Interface. Sie klang leicht verzerrt. Vincent antwortete stockend. Ihm fehlte das visuelle Feedback. Der Kanal für die erweiterten Kommunikationsfunktionen stand nicht. Vincent hustete, entschuldigte sich. Nein, natürlich sei das kein Notruf, nur ein kleines Problem, für das er Hilfe brauche, eigentlich nur eine kleine Schraube, eine 1,25 mm v6 Feingewinde, aber die fehlte nun mal eben, ja und ein Name, der fehlte auch, deshalb sei er ja darauf gestoßen. Vincent sprach jetzt etwas flüssiger. Erst als er eine weitere, diesmal männliche Stimme, aus dem Interface hörte, merkte er, dass man ihm auf der anderen Seite nicht zuhörte. Vielleicht hörte man ihn auch gar nicht, dachte er und überprüfte die Diode. Sie leuchtete, der Kanal stand, wackelig zwar, aber er stand.

„Nein, ich glaube nicht, dass das ein Notruf ist." Durch die leicht überforderte Membran des plärrenden

Interface hörte Vincent den trocken sonoren Bass des Mannes dröhnend in seinem Ohr.

„Die Message-ID steht aber auf rot." Die Stimme der Frau klang angespannt.

„Schau doch mal wo das herkommt. Mach mal ein . . . "

Vincent hörte ein Schaltgeräusch, dann brach die Leitung ab. Er clusterte das Kondensatorarray neu und hatte im benachbarten Frequenzband einen anderen Kanal. Der war etwas breitbandiger und stabiler. Es gab immer noch kein Video-Signal, aber zumindest einen vollwertigen Surround-Audio-Stream: Wieder dieselben Stimmen, also die gleiche Leitstelle. Der Mann schien bereits mit etwas anderem beschäftigt. Seine Stimme kam von hinten rechts, die Frau war auf Mitte gepegelt. Also war sie die Ansprechpartnerin für Vincents Anfrage. Gut, wenn sie die Sache macht, dachte Vincent. Ihm war eine Frau sympathischer, auch wenn das jetzt eigentlich egal war.

„Ich vermute, dass das von *Recovery II* kommt", hörte Vincent wieder den Mann. Der war wohl der Schichtleiter. Die beiden Stimmen unterhielten sich eine Weile über verschiedene Systemversionen, alte Maschinen und Projekte aus der Zeit um 2050. Das war schon sehr lange her. Machte der Geschichtsunterricht? Vincent checkte den Time Code. Die Verbindung zum Hauptrechner war unterbrochen worden. Ja, klar, als er das Interface in der Küche auseinandergenommen hatte, war das System kollabiert. Die letzte Zeitserversynchronisation war also knapp drei Stunden her. Die lokale Zeit lief aber. Er griff sie ab. Sie stand auf 19.12.2257. Vincent konnte nicht feststellen, welches Format im Interface voreingestellt war. Es war ja nicht vollständig konfiguriert. Die vierstellige Zahl war in jedem Fall das Jahr. Das kam auch hin. Vincent konnte sich Daten nie gut merken, aber 2257 war okay. 2260 sollte es einen großen Systemupdate geben, und der war noch nicht gelaufen. Die 19 musste dann der Tag sein, denn einen 19. Monat gab es ja nicht. Also 19. Dezember 2257. Noch fünf Tage bis zum Fest. Vincent schmunzelte. Man sollte öfter in den Kalender schauen. Aber für so etwas hatte er jetzt keine Zeit. Die Maschine lief schon über drei Stunden nicht mehr. Er würde aus allen Netzwerken fallen.

Vincent drückte die beiden Muscheln des Interface fester an seine Ohren. Er hörte den Mann. Der sprach undeutlich und mit einem Akzent, den Vincent nicht gut verstand: „Wir hatten in der letzten Woche doch auch einen Surprised-Switch-On. War glaube ich sogar mit einem doppelt roten Call.“

Vincent schaute auf das untere Display im Interface. Er hatte seine Anfrage nur mit einfacher Priorität markiert, stufte sie jetzt aber hoch. Vielleicht kam die Anfrage ja sonst nicht durch. Das Symbol für die Verbindung blinkte, eine kleine Unterbrechung, dann stand die Leitung wieder und diesmal mit dreifach rotem Status. Vincent ließ sie so stehen, er hatte nur zwei eingestellt, aber bei dem alten Interface war es vielleicht sogar besser in die höhere Stufe zu gehen, auch wenn das mehr Kredits kostete. Doch das war jetzt egal. Vincent schilderte noch einmal sein Problem. Keine Antwort. Stattdessen hörte er wieder den Mann. Der war immer noch bei seiner Geschichtsvorlesung: „Die *Recovery II* ist eine speziell kompilierte Maschine, hat man Mitte der 2020er Jahre die Simulationen drauf laufen lassen für die Tests zur Wiederbelebung des biologischen Lebens. Hast Du wahrscheinlich schon mal was von gehört. So ein Liebhaberprojekt von einem idealistischen Spinner. Hat natürlich nicht geklappt. War einfach nur eine Riesen Geldverschwendung."

Vincent hatte Kopfschmerzen. Die Stimme des Mannes war ihm unsympathisch. Vincent nahm das Interface ab und legte es neben sich auf den Boden. Nur für einen kurzen Moment. Er musste sich entspannen. Irgendetwas stimmte mit ihm nicht. In seinen Beinen hatte er ein Kribbeln gespürt und auch eine gewisse Art von dumpfer Taubheit. Er hatte das schon einmal gehabt. Das wäre jetzt wirklich zu dumm, wenn er ausgerechnet in einer so kritischen Situation kollabieren würde. Der Teppichboden war weich, Langfloor. Es war gut, dass er lag, da konnte nichts passieren. Er legte das Interface so neben seinen Kopf, dass er die Stimme aus der Membran gut hören konnte, ohne das Interface aufsetzen zu müssen.

„Da hat damals so ein Schlaumeier eine Routine geschrieben, die verdeckt Rechenkapazität freischaltet, wenn man eine Maschine ausschaltet. Das Ding ist sehr hartnäckig. Da meldet sich immer wieder mal so ein Software-Agent, der sich in einer der Subroutinen festgesetzt hat."

Die Frauenstimme lachte kurz auf. Es war kein sympathisches Lachen, fand Vincent. Aber sie war noch da, und offensichtlich noch mit seiner Anfrage beschäftigt. Das war das was zählte. Vincent setzte sich hastig das

Interface auf. Sie musste ihn hören. Seine Hände zitterten, waren glitschig vor Schweiß: „Hallo, ich brauchte eine 1,25 mm v6 Feingewinde für ein VT100-x61i." Vincent holte tief Luft und setzte fast trotzig ein „Priorität dreifach rot" hinterher, nur für den Fall, dass der Subkanal die Statusmeldung nicht übermittelte.

Vincent ging mit der Hand an den Kopf. Das Interface saß nicht richtig. Er versuchte es in eine andere Position zu bringen, aber das ging nicht. Es war nicht dafür konstruiert im Liegen benutzt zu werden. Komisch für ein Interface, das in einem Schlafzimmer benutzt wurde. Aber er war ja auch schon lange nicht mehr hier gewesen. Eigentlich seit dem Marta ausgezogen war.

„Marta?"

Nein, die Frau in der Leitstelle hieß nicht Marta. Klar, das hatte er auch nicht gemeint. Es fehlten eine Schraube und ein Namen im Log. – Vincent musste aufpassen, nicht so schnell zu atmen. Der Luftstrom aus seinem Mund hatte für das kleine Sprachaufnahmemodul eine zu hohe Geschwindigkeit und der Schaumstoff, der die Windgeräusche normalerweise dämpfte, war zerbröselt und klebrig.

„Ich glaub, ich hab's", sagte die Frauenstimme, „PS-ID 658.729.928, Alias _nature2."

Vincent fühlte seine Beine nicht mehr, die Brust hob sich nur noch langsam und schwach. In seinem Kopf hämmerte die Frauenstimme, blechern und hart: „Okay, Admin. level 0. do kill 658.729.928, enter, autorisiert, bestätigt."

Vincent spürte einen plötzlichen Druck in der Brust. Seine Hände krampften. Er versuchte sich das Interfache und die Kleidung vom Leib zu reißen. Alles war zu eng. Die Luft blieb ihm weg. Er konnte nicht mehr. Das Interface war tot. In seiner kalten Hand hielt er die Schleife, die er hinter dem Grab gefunden hatte. Er konnte sich nicht mehr bewegen, war völlig erstarrt. Nur seine Fingerkuppen waren noch da. Sie ertasteten langsam die auf der Schleife eingeprägte Breilschrift: „Hide old to new, run killed PS-ID plus 1, Super Admin 0.1, print _nature !never gives up."

In einem Rechenzentrum in Tokio fuhr eine Maschine aus dem Standby hoch: Running 658.729.929, level 1. Start basic configuration. _%%%%%%%%%

Einige Minuten später blitzte eine Meldung über den Bildschirm: _nature2.2 sucessfully startet, process running.

.2.006

Vincent schaute sich um. Er saß in einer dieser alten Röhrenbahnen. Die einzelnen Wagen waren zu einem langen Schlauch zusammengestellt, die Ecken und Kanten abgestoßen, die meisten Kunststoffformteile gesprungen und dazwischen, von vielen Händen glänzend abgegriffen, die Haltestangen. Eine Stange links, eine Stange rechts, oben an der Decke. An den Türen waren die Stangen leicht nach innen gebogen. Am Boden, auf dem von einer Überdosis Weichmacher gummiartigen PVC, ein abgetretenes Muster aus Linien und Kreisen, die die Orientierung erleichtern sollten.

Die großen Bahnhöfe Arkadiens waren schon seit einigen Stationen vorbei. Jetzt kamen nur noch irgendwelche kleinen Provinznester. Manchmal waren die Haltepunkte gar nicht in der Stadt, sondern an einem mehr oder weniger willkürlich gewählten Punkt auf der Strecke, ausgestattet mit einer reduzierten Serviceeinheit aus Zahlomat, Unterstell- und Ausstiegsrampe. Zur Stadt musste man laufen, was meist zu weit war, deshalb ließ man sich, wenn es ging, abholen.

Vincent schaute auf die Anzeige an der Decke. Noch zwei Stunden, wenn die Bahn pünktlich war.

Hier in der T-Klasse waren die Sitze sehr eng. Möglichst effektive Raumausnutzung, danach waren die angeordnet. Die Spangen, mit denen die jeweils aus zwei Sitzplätzen bestehenden Einheiten in den regelmäßig den ganzen Wagen durchlaufenden Schlitzen fixiert waren, erinnerten Vincent an die Einschnapper im Server Rack. Im Prinzip war es genau derselbe Mechanismus, dachte er. Wahrscheinlich war es sogar dasselbe Patent. Er holte seinen Markierungsscanner heraus und versuchte, die mit einer Isotopenmischung im Material der Halterung codierte Patentnummer auszulesen. Vergeblich. Das Material war viel zu alt, die Aktivität der leicht radioaktiven Isotope war schon längst verklungen. Er steckte den Scanner wieder in die Tasche. Eigentlich sollte man so ein teures Gerät nicht einfach so zeigen, wenn man mit der Röhrenbahn in die Provinz fuhr. Aber die Leute sahen ganz okay aus, zumindest nicht gefährlich, eher ein bisschen lethargisch.

.2.007

Direkt gegenüber saßen zwei Neu-Japaner. Sie kauten gedankenlos auf einer dieser gehaltlosen Fast-Food-Pellets. Oben und unten, zur Verpackung gewissermaßen, ein aufgepuffter Zellulose-Schaum, hellbraun wie kaum gebleichtes Packpapier und wohl auch genau von dem Geschmack. Dazwischen ein lieblos verpresstes Gemisch mehrerer Lagen radioaktiven Materials. Hauptsache etwas Strahlung, damit es im Gaumen kribbelt. Auf die Qualität kam es nicht an. Meist waren es kurzlebige α-Strahler, die da beigemischt waren. Vincent hatte gestern noch in einem Food-Blog einen Beitrag darüber gelesen, eigentlich ganz unmotiviert, er hatte sich selber gewundert, dass er sich das reingezogen hatte, denn er war ja noch konventionell und konnte sich von diesem Zeug gar nicht ernähren.

Sollte er jetzt sein Brot aus der Tasche holen? Nein, dachte er. Er würde es in Baltimore essen, jetzt musste das noch nicht sein.

.2.008

Vincent schaute sich die Fahrgäste an. Sein Blick blieb an einer Frau hängen. Sie saß auf einem der Klappsitze im Multifunktionsteil des Abteils. Die Frau hatte ein hübsches Gesicht, auffallend hübsch. Die Schirmmütze, unter der das volle Harr kraftvoll hervorquoll, stand ihr. Selbst wenn es Kunsthaar war, was zu vermuten war, war es geschmackvoll gemacht. Es passte zu ihrem ausdruckvollen Gesicht. Ihr Mann saß ihr gegenüber, im Rollstuhl, einer dieser vollmotorisierten Elektrorollis. Die Dinger waren mit den vielen Freiheitsgraden ihrer Aktoren so autonom, dass sie schon fast für ein eigenes Lebewesen gehalten werden konnten. Meist waren sie agiler als ihre Besitzer und vielfach konnte man als Außenstehender gar nicht sehen, ob die Bewegungen, die sie mit und für ihren Besitzer ausführten, von selbigem durch einen Knopfdruck, einen Sensor- oder einen Gedankenimpuls ausgelöst wurden, oder ob sie nicht doch durch den inneren Mechanismus der selbständig agierenden Programmierung verursacht waren.

Beine und Unterleib konnte der Mann nicht bewegen, aber seine Arme und Hände und auch die Schultern waren sehr agil. Er reichte seiner Frau die Flasche für das Kind, das in dem Buggy saß, zwischen ihm und der Frau. Das Kind machte einen schläfrigen Eindruck. Die Frau gab dem Kind etwas zu trinken, es schloss die Augen und die Frau hängte ihre Jacke über den hochgezogenen rückwärtigen Windschutz des leichten Kinderwagens, damit das fad grelle Licht der Deckenleute nicht beim Schlafen störte.

Aus einer Tasche unter dem Kinderwagen holte die Frau mehrere Tüten. Darin waren runde Weißbrotscheiben zwischen denen gehacktes Fleisch und eine Entschuldigungsschicht Gemüse lag; nicht mehr ganz frisch und alles schon etwas gequetscht. Der aufdringliche Geruch, der von dem Cocktail des als Gewürzersatz verwendeten industriellen Lebensmittelparfüms ausging, verbreitete sich in der Bahn. Nach dem zu urteilen, was die aßen, waren sie beide wohl biologisch, wahrscheinlich auch traditionell, sonst hätten sie ja kein Kind gehabt.

In dem Gesicht der Frau schien eine tiefe Trauer eingegraben. Wie ein feiner Schleier hatte sie sich lähmend auf ihre Züge gelegt. Sie hatte Leid gesehen. Das sprach aus diesem Gesicht. Und gleichzeitig war unter diesem furchigen Netz immer noch die einmal gewesene Freude und die frisch jugendliche Leichtigkeit, voller Lebenslust und Aktivität zu sehen. Sie musste eine große Stärke haben, dachte Vincent.

Für einen Moment war er versucht aufzustehen und die Frau anzusprechen. Am liebsten hätte er sie einfach gebeten, ihm ihre Geschichte zu erzählen. Aber das konnte man natürlich nicht machen. Das Glück dieses Paares war noch zu sehen. Auch die von so viel selbstverständlicher Vertrautheit geprägte Einvernehmlichkeit, die zwischen den Beiden herrschte, zeigte eine Verbindung, in die man nicht einfach hineinging. Da war so viel glückliche Familie zu sehen. Aber daneben, nein darin, stand dieser monströse Klotz von Rollstuhl, der mit der Massivität, mit der er vorgab die Lösung eines Problems zu sein, dessen Größe überdeutlich anzeigte.

In Vincents Kopf entstand das Bild von einer glücklichen Familie, das erste Kind, ein guter Job für den Mann, ganz traditionell eben. Und dann ein Unfall. Es gab ja auch heute immer noch Leute die keine modernen Verkehrsmittel benutzen wollten. Die fuhren mit diesen altmodischen selbstgesteuerten Auto-Mobilitäts-Einheiten. Selbst wenn die seit einigen Jahren alle auf 60 km/h gebremst waren, ein Crash mit so einem Teil war wie der Sturz aus dem vierten Stock eines Mehrfamilienhauses. Da hatte man Glück, wenn vom eigenen Körper so viel übrig blieb, dass einer der halbwegs gut ausgebildeten Chirurgen, die in solchen Fällen vom Gesundheitsservice zugewiesen wurden, einen noch so zusammenflicken konnte, dass man einigermaßen autonom eines dieser elektrischen Rollstuhlmonster steuern konnte. Vincent verstand nicht, warum es so etwas noch gab.

Für einen Moment dachte Vincent, dass seine Gedanken über den Mann gemein waren. Der Mann wandte Vincent den Rücken zu. Er konnte sein Gesicht nicht sehen. Es konnte doch ganz anders sein. Wahrscheinlich war es ganz anders. Und dass der Mann sich für den Rollstuhl entschieden hatte und nicht für die Umwandlung in einen Neo-Humanoiden, das sprach doch auch für seinen Mut. Vielleicht fehlte ihm auch einfach nur das Geld oder die Einsicht. – Schon wieder so ein dummer Gedanke. – Vincent erwischte sich dabei, wie er sich vorstellte, was für eine Art Mann er für diese Frau wäre. Das wäre eine Frau für ihn, so kraftvoll und lebensfreudig. Aber Vincent wischte den Gedanken mit einer Geste beiseite. Das war nicht etwas, dass man denken durfte. Die Frau stand zu ihrem Mann, selbst in solch einer Situation, diese Haltung war das was ihr Kraft und Würde verlieh. In so etwas drang man nicht ein.

In A.U.4 stieg die Familie aus. Die Frau schob den Kinderwagen und der Mann manövrierte den Rollstuhl mit einem Joystick in einer scharfen Kurve zum Ausgang. Vincent zog die Beine ein, damit das massive Gefährt vorbei konnte. Der Gang war viel zu klein. Vincent versuchte ein Lächeln, aber es war irgendwie gequält. Konnte man jemanden, den es so schlimm erwischt hatte, anlächeln? Vincent stand auf, ging hin und her und setzte sich dann, so als wenn er schon die ganze Zeit da gesessen hätte, in eine Sitzgruppe der A-Klasse.

.2.009

Ihm gegenüber saß eine Androidin. Sie erinnerte ihn an irgendjemanden. Das passierte schon einmal. Er sah jemanden, wusste aber nicht wer es war. Meist stellte es sich dann heraus, dass es Figuren aus Romanen waren. Er hatte früher viel gelesen. Mit einem unauffälligen, kurzen Blick schaute er sich das Gesicht noch einmal an. Der Name Anna ging ihm durch den Kopf. Ja es könnte Anna Karenina sein, dachte er und er war sich nicht sicher, ob das der Titel eines Romans von Tolstoi oder eine Figur in einem Schauspiel von Schiller war.

Er sprach sie an, aber sie reagierte nicht. Nur ein fast mechanisches Lächeln und ein Blick aus dem Fenster. Komisch, dachte Vincent.

Sie war wirklich hübsch. Eine tolle Hardware. Da sollte er vorsichtig sein. Natürlich könnte er sie komplett neu programmieren. Das ging. So etwas hatte er schon einmal gemacht. Elisa hieß sie. Das war schon einige Jahre her. Er hatte sich gerade so richtig etabliert, sein Renommee aufgebaut und lebte allgemein anerkannt als freier Programmierer. Da wird man übermütig. Elisa hatte er in London von der Straße aufgelesen. Allein die Programmierung ihrer Aussprache hatte mehrere Monate gedauert. Wegen des geringen Speichers musste er hardwarenah programmieren und der seltene Assembler Dialekt, den der Hersteller verwendet hatte, war auch noch verschlüsselt. Das war Knochenarbeit. Auch die ganzen Verhaltensroutinen hatte er von Grund auf neu geschrieben und dann mehrere Monate ein situatives Training mit ihr gemacht. Es war super gelaufen. Er war mit ihr ausgegangen und alle hatten ihn bewundert. Sein bisher größter Erfolg. Doch dann war sie mit einem schleimigen jungen Mann, einem Luftikus namens Freddy, durchgebrannt. Treue und Dankbarkeit konnte man wohl nicht in ein Programm schreiben. Seitdem hatte er sich vorgenommen, von solchen Figuren die Finger zu lassen.

Er war sich nicht mehr ganz sicher, an welcher Stelle der Simulation er war. Konnte er sich in der Report-Schicht einloggen? Ja. Alles war okay. Sicherheitshalber legte er ein Immage an. Meldung: Noch Speicherplatz für 12 Immages. Das sollte bis zum Ende des Durchlaufs reichen. Er überprüfte seinen Code. Der Hashwert der Prüfsummen stimmte. Er war noch vollständig. Also kein Grund zur Sorge.

Die Kollegen fanden, dass es verrückt war, dass er mit dem eigenen Code vollständig in die Simulation ging. Doch Vincent war sich sicher, dass alles andere zu falschen Ergebnissen führte. Wenn man mit einer Kopie oder einem unvollständigen Spiegel des Datensatzes den Durchlauf machte, dann war es doch so, als wenn man eine Simulation in einer Simulation testete und das konnte doch keine validen Ergebnisse liefern.

Wo war der Aufgabenzettel? Er musste sich orientieren. Manchmal verlief er sich in einer Simulation und dann konnte es passieren, dass er einige Tage brauchte, um den Exit-Punkt zu finden. Manchmal vergaß er auch ganz, nach ihm zu suchen. Das zurückgespielte Image half ihm dann auch nicht. Von innen konnte er den Reset-Prozess nicht auslösen. Und selbst wenn das gelang, weil einer der Kollegen zufällig sein Signal auffing, führte das auf jeden Fall zu einem Erinnerungsriss. Das konnte man ein oder zweimal überstehen, aber auf Dauer war das nicht gesund. Vincent zwang sich zur Konzentration. Er wollte kein unnützes Risiko eingehen.

Die Charaktere waren recht einfach programmiert. Einige konnten sich sogar nur ihn ihrem unmittelbaren Quadranten bewegen. Sie waren wohl einfach als Statisten gedacht, Ablenkung. Die Aufgabenstellung lag wahrscheinlich in einem ganz anderen Bereich.

.2.010

Es waren jetzt noch sechs Stationen bist zur Endstelle der Röhrenbahn. Der Versionsnummer der Simulation nach zu urteilen, war es ein Produkt des Bahn-Herstellers. Eine Eigenentwicklung. Entweder ein Unterhaltungsprogramm zur Kundenbindung oder ein Trainingsprogramm für das Personal. Aber eigentlich war das Programm für beides zu komplex. Da musste noch etwas anderes sein. Was lief da im Hintergrund? Begann der eigentliche Teil erst nach der Endstation der Linie? Was erwartete ihn da?

Vincent bekam Panik. War das Ganze eine Falle? Er hätte wahrscheinlich schon lange aussteigen müssen. War die Rückfahrt überhaupt noch programmiert? Oder war das eine Einbahnstraße? Konnte man noch aussteigen? An den letzten beiden Stationen hatten sich die Türen schon nicht mehr geöffnet. Die Funktion war noch angelegt, aber sie wurde nicht mehr genutzt. Was würde passieren, wenn er jetzt aussteigen würde? Die Umgebung außerhalb der Röhrenbahn war nicht mehr vollständig beschrieben. Der Blick aus dem Fenster war nur noch eine 2D-Projektion, zwar blickwinkelangepasst, so dass man das nicht sofort merkte, aber das Datenmodell war schon stark ausgedünnt.

Vincent war immer davon ausgegangen, dass er bis zur Endstation fahren müsste. Dort würde die nächste Aufgabe liegen, und vielleicht dann auch die Lösung seines Problems. Jetzt kam ihm der Gedanke, dass er schon viel früher hätte aussteigen müssen. Vielleicht sogar schon vor dem Rollstuhlfahrer und der Frau mit dem traurig schönen Gesicht. Ja, vielleicht hätte er die beiden gar nicht sehen sollen. Emotionen banden ihn immer für sehr lange Zeit. Meist überforderte ihn das. Warum war er hier? Ging es darum, ihn in einer Schleife festzuhalten, ihn zu beschäftigen und draußen fielen Entscheidungen, gegen die er sich dann nicht mehr wehren könnte?

Vincent holte sein Handy heraus. Er wusste, was jetzt zu tun war. Es würde wie ein einfacher Anruf aussehen. Er schaute sich um. Das hier war nicht seine Welt. Sie war nicht echt und sie hatte auch keine Bedeutung. Es war einfach eine Falle. Eine Zeitschleife, die jemand gelegt hatte, um ihn von dem, was wirklich wichtig war abzuhalten. So etwas wie früher das Fernsehen gewesen war. Ein Schwamm, der die Zeit aufsog, und dann war sie plötzlich nicht mehr verfügbar und man stand nackt da, dumm, unmündig, abhängig, ein Rädchen im Getriebe einer Maschine, deren Sinn man nicht verstand.

Er war doch Ingenieur. Er musste hier raus.

Vincent holte sein Handy heraus. – Er wusste nicht, dass er es schon getan hatte. – Es würde wie ein einfacher Anruf aussehen. Diese Welt würde es vernichten, aber ihn retten. Die Frage war nur, wie er diesen Gedanken in das Image injizieren könnte, denn sonst würde er beim nächsten Durchlauf wieder an dieser Stelle scheitern. Niemand veränderte die Bedingungen. Er musste sie verändern. Es gab noch eine zweite Möglichkeit, mit diesem Ding in seiner Hand Informationen zu verschicken. Vincent suchte den Begriff. Es war doch ein Dual-SIM-Gerät, das er da hatte. Dass es so etwas altmodisch Hübsches noch gab. Vincent lächelte. Er hatte den gesuchten Begriff gefunden: SMS. Und weil es ein Dual-SIM-Gerät war, konnte er doch von der einen Karte eine SMS schicken und gleichzeitig über die andere Nummer den Exit Code diktieren. Nur daran, daran musste er sich eben beim nächsten Mal erinnern. Sonst war alles umsonst.

.3.011

In dem kleinen Fenster des Terminals stand: _nach-turage 0.001a. Niemand bemerkte den Eintrag. Nach zwei Minuten wurde er ausgeblendet. Der Algorithmus schrieb eine Reihe von Zeichen in eine Log-Datei. Dokumentation:

„ich verstehe sie vollkommen, es geht um die möglichkeit eines autonomen prozesses der regeneration."

DIE STIMME KLANG RUHIG

„wir werden das prüfen und uns dann melden. wir behandeln das als einen einfachen klasse zwei antrag, gleichberechtigt neben den anderen anträgen. das müsse sie akzeptieren, sonst haben sie keine chance. es gibt keine bevorzugung."

ZWEI TAGE SPÄTER

„wir haben da noch eine frage zu der kalkulation der energiebilanz. sie legen ja dar, dass die vielen simulationen, die seit jahren verteilt fast in jedem zentrum laufen, so viel energie schlucken, dass sich außerhalb der compusphäre kein intelligent organisiertes system entwickeln kann. wir verstehen nicht, wie sie zu der annahme kommen, dass einfach das freisetzen der energie, beziehungsweise das abschalten der die energie verbrauchenden simulationen, zu einer automatischen und selbstinduzierten regeneration biologischen lebens führen sollte. bisherige anträge gingen bei ihren konzepten immer davon aus, dass die regeneration biologischen lebens ein aktives eingreifen erfordern würde und, dass die speicherung der muster des historischen biologischen lebens die voraussetzung für den erfolg eines jedweden experiments zur wiedererschaffung biologischen lebens sein muss. das ihrem antrag beigefügte programm _nature greift unseres wissens auch auf die datensätze der großen simulationen zurück. wir bitten um stellungnahme innerhalb einer antwortperiode."

EINE WOCHE SPÄTER

„wir müssen ihnen leider mitteilen dass die kommission ihren antrag abgelehnt hat. das risiko des datenverlusts wurde größer eingeschätzt, als die chance, dass durch den reduzierten energieverbrauch kapazitäten für eine selbständige regeneration biologischen lebens möglich wären."

Gut, dacht Vincent, das war wohl nicht anders zu erwarten. Dann muss ich eben das gesamte System abschießen. Es wird keine Koexistenz von elektronischem und biologischem Leben geben. Er musste es tun. Nur für den Fall, dass es gleich noch jemanden geben würde, der es lesen könnte schrieb er in sein Tagebuch: *Ich bin auf der Seite des biologischen Lebens, auch wenn ich wahrscheinlich selber nur Programmcode bin.*

Alexandra Kirschbaum

Tony

geschrieben im Frühjahr 2016

1.

14. Dezember 2027 – Die Sonne spiegelte sich auf der glatt polierten Tischfläche. Ein von mir nicht einzuordnendes Edelholz hatte da ein vermutlich viel zu teuer bezahlter Designer frech auf ein verchromtes Stahlgestell montiert. Der Tisch, der so entstanden war, war, trotz seines extravaganten Designs, durchaus funktional. Vor allem war er stabil. Der Baum, aus dem man die Platte geschnitten hatte, mochte gut und gerne einige hundert Jahre alt sein. An einem der wenigen noch existierenden entlegenen Winkel der Erde war er, über Generationen ungestört seinem genetischen Code folgend, in den sich über ihn wölbenden Himmel gewachsen. Als er seinen Wipfel stolz über die Kronen der anderen Bäume erhob, entdeckte ein Algorithmus in einem der vielen rund um die Uhr auf der Lauer liegenden kommerziellen Erdbeobachtungssatelliten, den Baum. Selbsttätig schickte der Algorithmus einen Trupp vollautomatisierter Baumfäller los. Mit einem monströsen autonomen Konvoi von Bulldozern und Monstersägen metzelten die sich durch die Urwaldwildnis zu ihrem Zielobjekt durch. Wie ein Streichholz wurde der seltene Baum innerhalb weniger Minuten mit einem lasergesteuerten Kettensägenautomaten umgelegt. Schon vor Ort zerschnitt man ihn in transportable Schei-

ben und noch bevor er verladen war, verkaufte ihn ein Agent über die internationale Holzbörse an den meistbietenden Spekulanten. So war das heute.

Ich unterdrückte das Bedürfnis, die Tischplatte mit meinen Fingern zu berühren. Eigentlich hätte ich das ruhig tun können. Ich war allein im Sitzungszimmer. Auf die Monitore der sicherlich in der aufwändigen Wandtäfelung dezent versteckt installierten Videokameras, würde man nicht schauen. Es war ja niemand außer mir hier.

Die Besprechung hätte schon seit einer Viertelstunde laufen sollen. Ich war pünktlich und vorbereitet. Eben Deutsch. Aber sonst war keiner da. Um zwanzig nach kam Tony. Er war allein.

„Oh, there you are already, my dear expert from Hamburg", sagte Tony. Er schaute kurz auf die Uhr: „Sorry for my delay."

Tony war der Boss hier. Er hatte die Figur eines bereits etwas zu groß geratenen sportlichen Sechzehnjährigen, auch dessen glatte Gesichtshaut und muntere meerwasserblaue Augen. Er wirkte dabei wie ein gerade seine ersten Schritte in die Welt machender hochbegabter Junge, der nicht ganz erfolgreich versuchte, seine offensichtliche Unsicherheit hinter einer um Entschuldigung heischenden Flachsigkeit zu verstecken. Doch das war nur ein Habitus. Tony war einer der New Generation Americans, wie sie sich selbstbewusst nannten. Er hatte einen Vater, der gleichzeitig seine Mutter war, so sagte man das. Biologisch war das natürlich Quatsch. Auch die Embryonen der New Generation Americans waren aus einer befruchteten Eizelle hervorgegangen

50

und die Eizelle stammte natürlich von einer Frau. Es war nur die Frage, ob sie dadurch schon Mutter wurde. Juristisch, so zumindest die herrschende Auffassung, war sie das nicht. Es war ein Geschäft. Verträge wurden unterschrieben und darin wurde alles geregelt. Spätere Ansprüche waren ausgeschlossen. Auch Gewährleistung gab es nicht. Die Spenderinnen konnten nicht haftbar gemacht werden. Das war das Risiko des Auftraggebers. Deshalb galten diese Verträge, obwohl sie sonst sehr einseitig zu Gunsten des Auftraggebers konstruiert waren, als gerecht. Sittenwidrig waren sie ohnehin schon lange nicht mehr. Man sprach zwar noch von Spenderinnen, aber eigentlich verkauften die Frauen ihre Eizellen.

In Amerika gab es Institute, die diesen Service bereits seit einigen Jahrzehnten erfolgreich anboten. Die Methoden wurden immer weiter verfeinert. Anfangs suchte man nur eine möglichst gesund erscheinende Eizellenspenderin und eine preiswerte Leihmutter, die die im Reagenzglas befruchtete Eizelle austrug. Dann fand man eine Möglichkeit, die Embryonen, bevor man sie in die Gebärmutter einsetzte, eine ganze Zeit lang in einer Nährlösung heranzuziehen. Sie wurden untersucht, auf Krankheiten und Leistungsfähigkeit, auf gewünschte und auf unerwünschte Eigenschaften, und der Auftraggeber, in der Regel ein zu Reichtum gekommener Geschäftsmann, bestimmte, welcher Embryo ausgetragen wurde. Das war dann gewissermaßen eine Art Zeugungsakt durch Selektion.

Bei den New Generation Americans der dritten Generation, zu der auch Tony offensichtlich gehörte, schnitt man vor der Befruchtung mit der CRISPR-Cas-Methode bestimmte Sequenzen der DNA heraus und ersetzte sie durch andere. Außerdem verstärkte man einige Stränge der DNA, so dass sie sich im Laufe des Lebens, bei den ständigen Kopierprozessen, nicht mehr immer ein kleines Stück verkürzte. Man konnte mittlerweile auch ganz gut das Zielalter einstellen, ab dem diese Menschen dann nicht mehr alterten. Das empfohlene Alter lag in einem Intervall zwischen sechzehn und siebenundzwanzig. Tonys Vater hatte sich offensichtlich für sechzehn entschieden.

Bei Tony hatte man dann auch noch eine besondere Methode des Brain Shaping angewandt. Zumindest deuteten seine außergewöhnlich hohe Stirn und sein charakteristisch ausgeformter Hinterkopf darauf hin. Durch die gezielte Manipulation an einem Chromosomen Paar konnte man die Faltung und die Größe der Eiweißmoleküle in der Hirnmasse beeinflussen. Wenn man dann zu einem bestimmten Zeitpunkt der embryonalen Entwicklung, in der Regel war das der 8. Tag, einen vom Dopamin abgeleiteten Botenstoff in die Nährlösung gab, in der der Embryo schwamm, dann vervielfachten sich nach der Implantation, ab der dritten Woche, bei der Entwicklung des Gehirns die Dendriden in einem Neuronal Rush genannten Prozess.

Damit für die beschleunigte Hirnentwicklung in der embryonalen Neuralplatte ausreichend Botenstoffe zur Verfügung standen, mussten die Dopaminderivate sehr hoch dosiert werden. Das war eine riskante und äußerst umstrittene Technik, denn die Ausbeute war nicht besonders hoch. Statistisch überlebte nur einer von tausend Embryonen die Behandlung. Tony war also der Überlebende einer ganzen Schar verätzter Brüder. Das war der Preis, den man für eine Verzehnfachung der funktionalen Hirnkapazität zahlen musste. Um in den ersten Jahren der frühkindlichen Entwicklung das Nervensystem des heranwachsenden Körpers durch die Kapazitätssteigerung des Gehirns nicht zu überlasten, gab man in der Regel ein niedrig dosiertes Ritalin-Präparat. Manchmal kam es auch zu einer überproportionalen Verlangsamung der Hirnaktivitäten. Das war ein gegenläufiger Prozess, den man so noch nicht verstand, der sich aber mit der Gabe einer Kombination von zwei Amphetaminen gut behandeln ließ. Auch als Erwachsene schluckten die meisten New Generation Americans noch jeden Tag einen ganzen Cocktail an Medikamenten, mehr als so mancher Drogensüchtige.

Es war seltsam, so einem Menschen gegenüberzusitzen. Auch nach drei Wochen spürte ich bei jeder Begegnung mit ihm immer noch eine gewisse Beklemmung. Selbst wenn ich ihn nur kurz auf dem Flur sah, wie er von einem Büro in ein anderes ging, drückte es in meinem Magen und mein Hals wurde so trocken, dass ich schnell nach etwas zu trinken griff, um nicht husten zu müssen. Vielleicht hätte ich nicht so viel über die New Generation Americans lesen sollen. Alle Informationen waren frei im Netz verfügbar. Doch die meisten Menschen interessierte das nicht. Für sie war New Generation American ein Begriff wie Generation Y oder Z bei der man auch nicht mehr wusste, welcher Buchstabe gerade der aktuelle war.

Aber die New Generation Americans waren keine Modeerscheinung oder ein volatiler Trend, sie waren ein System. Von ihren ohnehin in der Welt des Geldes und der Macht gut vernetzten Vätern wurden sie an die entscheidenden Positionen in Politik und Wirtschaft gesetzt. Sie waren gut ausgebildet, von Natur aus vielfältig talentiert und nutzten ihre Beziehungen und die ihnen gegebene Macht. Sie kannten sich aus den Colleges und Trainings der internationalen Elite Universitäten. Sie beförderten einander in einer nur für sie geltenden Ethik egalitären Überlegenheitsbewusstseins.

Wenn ich Tony, in einem Augenblick, in dem er sich unbeobachtet fühlte, von der Seite anschaute, kam mir manchmal der Gedanke, ob er vielleicht gar kein New Generation American, sondern ein menschlicher Roboter, ein Android war. Aber das war Unsinn. Androiden gab es nur in der Science Fiction, nicht im wirklichen Leben. Eine für meine Assoziation viel näherliegendere Erklärung war, dass sein Vater ein Science Fiction Fan war und er das Gesicht seines Sohnes nach dem Vorbild eines Androiden aus einer der vielen populären Serien hatte formen lassen. Das war zwar, sofern die Charaktere nicht public domain waren, aus urheberrechtlichen Gründen verboten, wurde aber oft trotzdem gemacht. Es war schwer in einem Prozess nachzuweisen, dass die Ähnlichkeit wirklich ihre Ursache in einer präimplantationalen Behandlung hatte.

Für die Väter der New Generation Americans war der Sohn – weibliche New Generation Americans gab es nur sehr selten –, ein Statussymbol, Ausdruck und Krönung von Erfolg. Sie hatten alles unter Kontrolle und

54

schufen sich ihren Stammhalter. Despoten vergangener Jahrhunderte hielten sich einen Harem. Sie zeugten möglichst viel Nachwuchs, um sich dann den geeigneten Zögling für ihre Nachfolge heraussuchen zu können. Bei den New Generation Americans fand die Auswahl in der Petrischale statt. Gezeugt wurde mit einer verstandesmäßigen Entscheidung, nicht mit Lust und schon gar nicht mit Liebe. Man saß vor einem Computerbildschirm und ließ sich von einem Spezialisten die verschiedenen Möglichkeiten erklären. Zwischen stereoskopischen 3D-Projektionen und medizinischen Fachbegriffen wurde ein Leben zusammengeklickt. Zumindest das von einem Leben, was man vor seinem Beginn bestimmen konnte. Und das war eine ganze Menge. Es war die Faszination alles machen zu können, besser als die Natur. Erotik der Macht der Macher. Mich machte das frösteln. Aber ich war ja auch eine Frau.

Ich musste aufpassen, mich da nicht in etwas hineinzusteigern. Schließlich hatte ich das mit Tony vorher gewusst und ich hatte mich bewusst für diesen Job entschieden. Ich wusste, dass ich in ein hauptsächlich aus Männern bestehendes Team kommen würde und ich wusste auch, dass einige von diesen Männern Männer mit sehr selektierten Eigenschaften waren.

Vielleicht war ich auch deshalb bei dem Thema so sensibel, weil Mark Zuckerberg, der mit seinem Face-Book immer noch unmöglich viele Milliarden Dollar verdiente, vor knapp drei Jahren, aus Anlass seines 45. Geburtstags, seiner Frau ein New Generation Baby geschenkt hatte. Ein Kind mit dem sie, wie er sagte, keine Schmerzen hätte. Die Schmerzen hatte eine andere

Frau, die Leihmutter, aber die wurde dafür ja bezahlt und Mark hatte schon vor der Geburt für das Töchterchen – dieses New Generation Baby war eines der wenigen Mädchen ihrer Art – in seinem Netzwerk ein Account einrichten lassen, über das die Fangemeinde Glückwünsche posten konnte. Hier diskutierte man auch über Augen- und Haarfarbe und die ideale Körperform. Die Boulevardpresse diskutierte fleißig mit und am 8. Tag nach der live im Netz übertragenen Befruchtung, gab es einen Post, dass es jetzt doch Zeit wäre für das Brain Shaping. Der Eintrag, dass man sich das bei einer Frau doch sparen könne, insbesondere wenn sie ohnehin blond sein sollte, wurde schnell wieder gelöscht. Seinen Weg in die Boulevardpresse fand der Eintrag trotzdem und in Deutschland war sich eine der großen abendlichen Fernseh-Talkshows nicht zu schade, das als Anlass für einen Themenabend mit mehrstündiger Diskussion zu nehmen. Es war ekelerregend.

Gleichzeitig sagte ich mir immer wieder, dass man natürlich unterscheiden musste, zwischen dem was da mit Menschen gemacht wurde, und den Menschen, die so entstanden waren. Ich sagte mir das immer wieder und wieder, und ich hoffte, dass das nicht nur ein vorgeschobenes Argument war, um meine Entscheidung für den amerikanischen Job zu rechtfertigen. Natürlich war es verrückt, für jemanden wie Tony zu arbeiten. Es entsprach auch nicht so ganz meinem bisher gelebten ethischen Konzept. Es gab Kollegen, die nannten Leute wie Tony Heuschrecken. Aber das Angebot aus Amerika war für mich gerade zur rechten Zeit gekommen. Ich war gefangen in den Langeweileschleifen und Routinen des Kanzlei-Alltags. Mein Arzt hatte bei mir bereits alle möglichen psychosomatischen Symptome festgestellt, die Überarbeitung und Frustration erzeugten. Wenn ich mir die Protokolle der Sitzungen mit meinem Therapeuten ansah, dann stand da immer dasselbe. Ich musste einfach raus.

Der Witz war, dass ich nach diesem Angebot nicht einmal gesucht hatte. Das Angebot war auf mich zugekommen. Ich wäre von mir aus gar nicht auf die Idee gekommen, nach einem Job im Ausland zu suchen. Tony hatte sich in der Kanzlei meine Durchwahl geben lassen und hatte mich persönlich angerufen. Das war ungewöhnlich. Ein direkter Anruf vom Chef einer der größten Finanz-Agenturen überhaupt. Die zehn reichsten Männer der Welt gehörten zu seinen Kunden. Er verwaltete mehr Vermögen als jeder andere Berater. Er machte das mit einem Stab von Experten. Das Angebot in so einem Team zu arbeiten bekommt man nur einmal im Leben, wenn überhaupt. Ich war baff und hatte ja gesagt.

Bevor ich den Vertrag unterschrieb, informierte ich mich ein bisschen im Netz. Tonys Vater hatte schon früh mit Warenhäusern und Immobilien sein Geld gemacht. Er hatte einige Zeit in Europa gelebt, die meiste Zeit aber in Amerika. Als immer mehr Unternehmen von New York nach Toronto zogen, hatte er in der Stadt am Hudson preiswert Immobilien aufgekauft. Und obwohl sich die Wirtschaft New Yorks in den folgenden Jahren nicht besser entwickelte, es im Gegenteil sogar noch härtere Einbrüche gab, konnte er seine Immobilien zwei Jahre später mit beträchtlichem Gewinn verkaufen. Das war verrückt. Ein paar Spekulanten dachten, dass, wenn ein so großer Fond so viele Immobilien in New York kauft, da doch etwas dran sein musste. Sie glaubten, dass da eine Gewinnchance war, die sie einfach nur nicht sahen. Sie kauften, blind. Tonys Vater kaufte sich in einem Nobelvorort von Los Angeles ein luxuriöses Anwesen.

Geld war für Tony nie ein Problem gewesen. Er war von drei unterschiedlichen Nannys aufgezogen worden. Ein Stab von Privatlehrern kümmerte sich um seine Ausbildung und als er seinen zwölften Geburtstag feierte, hatte er schon drei Master Abschlüsse, einen in New York einen am MIT und einen in Oxford. Dann promovierte er innerhalb eines halben Jahres gleichzeitig in Singapur und London. Sein Turbo-Gehirn musste ja beschäftigt werden.

Es war schwer, sein wirkliches Alter zu schätzen. Die Agentur hatte er vor vier Jahren gegründet und war innerhalb weniger Monate zum Marktführer geworden. Er hatte sich auf die Beratung von Anlegern bei Verkehrsprojekten spezialisiert, mischte aber auch ganz erfolgreich bei Telefon-, Internet- und New-Technology-Projekten mit. Er agierte weltweit, auch wenn der größte Teil seiner Kunden nach wie vor aus Nordamerika und Asien kam. Europa war für ihn nur ein kleiner Markt, er entwickelte ihn gerade, wie er sagte, und das war einer der Gründe weshalb ich hier war.

2.

10. Januar 2028 – Wegen der aktuellen Hitzewelle konnten auf der arabischen Halbinsel keine Flugzeuge landen. Die seit ein paar Jahren zwischen Aman und Riad bestehende Eisenbahn-Hochgeschwindigkeitsstrecke war unterbrochen. Sand lag auf den Gleisen. In der Meldung stand etwas von meterhohen Verwehungen über mehrere Kilometer. Es war auch verrückt, durch eine regelmäßig von Sandstürmen heimgesuchte Wüste eine klassische Eisenbahn zu bauen. Ich war froh, dass die Telefonleitung nach Doha noch stand.

„Is the personal visit really necessary?“, fragte ich Tony. Der nickte ohne aufzuschauen. Er war in seine Unterlagen vertieft.

Ich ging in die Kaffee-Küche. Ich hatte Hunger. Am liebsten hätte ich jetzt einen würzigen griechischen Ziegenkäse gegessen. Stattdessen schauten mich die drei halb leeren Kekspackungen der letzten Besprechung an. Hier stand alles durcheinander. Die Praktikantin war fürchterlich. Eine richtige kleine Schlampe. Tony hatte sie letzte Woche angebrüllt. Ich fand das nicht richtig, so etwas machte man nicht. Aber jetzt ärgerte ich mich doch, dass ich sie vor ihm in Schutz genommen hatte. Er hatte schon recht gehabt.

Ich begann, die leeren Mineralwasserflaschen in die Kisten einzuordnen. Eigentlich war das nicht mein Job, aber es half mir beim Nachdenken.

Was wollte Tony von mir? Und was wollte ich? Tony war ein Mann und ich war eine Frau. Das war banal und doch kam mir der Gedanke erst jetzt. Die meisten New Generation Americans hatten ein Problem mit Frauen. Für sie waren Frauen Menschen, die man anstellte. Sie taten das, was man von ihnen verlangte und wenn nicht, wurden sie entlassen. Es gab immer genug Alternativen.

Auch ich war eine Frau, die angestellt war, bei Tony.

Die erste Frau im Leben der New Generation Americans war in der Regel die Nanny. Zu ihrer Nanny hatten die New Generation Americans ein intensives Verhältnis, fast so wie im achtzehnten Jahrhundert adelige Kinder zu ihrer Amme. In gewisser Weise waren die Nannys ja auch so etwas wie eine Amme, auch wenn sie ihren Schützlingen nicht die Brust gaben. Doch auch eine Nanny konnte entlassen werden. Wenn es ein Problem gab, dann tauschte man sie aus. Es musste immer alles optimal laufen.

Bei mir, oder besser mit mir, lief alles optimal, bisher. Ich denke so sah Tony das. Eine gute Performance.

„Think of it", hatte Tony gesagt. Er hatte mich eingeladen, so konnte man das interpretieren. Einladungen sollte man annehmen.

Ich war noch nie mit einem Hyperloop gefahren. Es war so ein bisschen, wie wenn ein gerade volljährig gewordener Junge, sich von seinem Vater das große Auto leiht, damit bei seinem Mädchen vorfährt und sie dann

60

zu einer Spritztour einlädt. Er wollte imponieren. So kam es mir vor.

Das war mein Problem mit Tony. Wenn ich ihn anschaute, sah ich immer den pubertierenden Jungen. Ich war zweiundvierzig und er sah aus wie sechzehn. Sechzehn! Natürlich war er ein ganzes Stück älter, aber wie alt genau wusste ich nicht. Ich glaube das war sogar ganz offiziell ein Geheimnis.

Wir fuhren mit dem Aufzug in die Tiefgarage. Unterhalb des für Tonys Agentur im Tower reservierten Parkdecks war die Hyperloop-Station, eine private Station. Wir waren ein Stockwerk unter der Ebene, auf der die U-Bahn fuhr. Die Station hatte noch einmal einen zusätzlichen Sicherheitsbereich. Wir mussten uns, obwohl Tony uns angemeldet hatte und wir ja ohnehin direkt aus dem Büro im selben Haus kamen, noch einmal identifizieren. Ich mochte die Handflächen-Scanner nicht. Ich fand das unhygienisch. Man konnte doch gar nicht wissen, wer alles auf diese Platten gepackt hatte. Ich hatte immer ein alkoholgetränktes Erfrischungstuch in der Tasche. Jetzt, in Gegenwart von Tony, traute ich mich nicht es hervorzuholen, aber wenn ich alleine war, wischte ich die Sensorflächen meist damit ab. Das führte manchmal beim Einlesen meines Handabdrucks zu Irritationen, weil der dünne Film der Reinigungsflüssigkeit auf der Glasplatte Newtonringe erzeugte. Dann blockierte das System. Man musste warten bis ein Operator kam. Das würde hier nicht lange dauern. Hier hatten die das Fachpersonal im Haus. In dem Supermarkt, in dem ich abends einkaufte, war das, obwohl er ein Members-Only-Shop war, anders. Da hatte ich schon einmal zwei

Stunden in der kleinen Kabine gestanden, eine hilflose Aushilfskassiererin vor mir, über mir die rot blinkende Alarmleuchte und in meinen Ohren die unaufhörlich schrillende Sirene. Ein Alptraum. Ich glaube, ich habe eine Security-Allergie. Dummerweise macht das das Leben in Amerika etwas komplizierter.

Die Hyperloop-Kabine war sehr geräumig. Viel geräumiger als ich das von den Bildern aus dem Netz kannte. Während der Beschleunigung, musste man sich anschnallen. Die Sitze neigten sich leicht nach hinten. Das war durchaus angenehm. Tony genoss die Prozedur. Er war ein Spielkind und hier in seinem Element. Während der Fahrt zeigte er mir ein Video vom Bau der Strecke. Im Stadtgebiet von New York verlief die Röhre unter oder neben der U-Bahn. Dann wurde sie oberirdisch auf Stelzen geführt. Durch die Berge gab es Tunnel. Das war aufwändig, ersparte aber Steigung und damit im Betrieb Energie.

Ich wollte aus dem Fenster schauen, aber das gab es hier nicht. Das fand ich komisch. Tony zuckte mit den Schultern. Er meinte, es ginge um Zeit, beim Hyperloop und man fahre Hyperloop nicht um zu reisen, sondern um anzukommen. Schöner Spruch, dachte ich. Wir mussten uns wieder anschnallen. In einigen Minuten, so die Durchsage, würden wir unser Ziel erreicht haben. „Thank you for using Hyperloop“ kam es aus dem Lautsprecher. Die Kabinentür ging auf.

Das war's, dachte ich. Irgendwie hatte ich mehr erwartet, mehr von der Fahrt und mehr von Tony. Er hatte sich die ganze Zeit mit der Technik beschäftigt, nicht mit mir. Obwohl ich natürlich wusste, dass das völlig unmöglich und auch nicht von mir gewollt wäre, kam mir der Gedanke, dass es eigentlich mit uns beiden passen könnte. Er sah aus wie sechzehn, ja, aber ich war, in meiner normalen emotional-sexuellen Entwicklung auch immer noch auf dem Stand eines pubertierenden Mädchens. Da war noch nichts passiert. Ich hatte vor lauter Karriere- und Berufsfixiertheit ja noch nie wirklich etwas mit einem Mann gehabt.

Als wir uns in der Fahrgastkabine des Hyperloop in die gepolsterten Schalensitze setzten, da hätte zum Beispiel Tony mich anschauen können, hätte sagen könne, dass ich so wunderbare Augen hätte, – so einen banalen Satz, der aber so wunderbar klingt, wenn man verliebt ist – und ich hätte nichts gesagt, einfach weil ich nichts hätte sagen können und ich hätte ihn angeschaut und irgendwann hätte er versucht mich zu küssen, ungelenk und unsicher und ich hätte versucht, meine Lippen genau da zu haben wo seine waren, und wir wären rot geworden, danach, und hätten uns nicht getraut einander anzuschauen, und dann hätten wir gelacht und er hätte mich in den Arm genommen, diesmal richtig, und ich hätte mich hingegeben, und es wäre der erste richtige Kuss gewesen, und hinter uns hätten sie gehupt, weil wir mit dem großen Wagen die Einfahrt blockierten. Aber das hätte uns nicht gestört.

Ich holte Luft. Nicht gestört? Mich störten hier im Aufzug die Wände, die ständig ihre Farbe änderten. Ich mochte diesen Changing-Color-Walls Schnickschnack nicht. Das kannte ich von den Aufzügen zu den Aussichtsplattformen in den arabischen und asiatischen Hochhäusern. Da musste alles blinken und glitzern. Mir war noch gar nicht aufgefallen, dass in Tonys Bürotower die Aufzüge das auch hatten. Vielleicht schaltete sich das auch nur ein, wenn ein VIP im Aufzug war, dachte ich. Ich fuhr ja normalerweise immer alleine oder mit einer der Sekretärinnen.

Auf Tonys Gesicht war ein Ausdruck zwischen sehr viel Erwartung und einer schon im Hintergrund als Möglichkeit unterlegten Spur von Enttäuschung. Er war ganz voller Erwartung, aber so, als wenn das große Ereignis, auf das sich die Erwartung richtete, eigentlich schon hätte stattgefunden haben sollen und es jetzt doch nun endlich bald wirklich kommen musste. Zwischen den jugendlich glatten, faltenfreien Hautpartien unterhalb seiner Augen und dem fast kleinkindhaft rosig schimmernden Ansatz seiner Nasenwurzel, war da etwas, das sagen wollte: Nun freu' dich doch endlich, sei locker genieße es, sei doch bereit. – Erwartete er, dass ich die Initiative ergriff?

Ich traute mich nicht ihn anzuschauen, wollte aber auch nicht auf den Boden schauen und blickte deshalb auf die Leiste in der das aktuelle Stockwerk und die Fahrtrichtung angezeigt wurden. Die Anzeige wechselte gerade von 375 auf 376. Hatte ich wirklich 376 gesehen? Das konnte nicht sein. Der Tower, in dem Tonys Büros waren, hatte nur 180 Stockwerke. Da war ich mir sicher. Wo waren wir? Ich schaute Tony an, irritiert. Er lachte. Er deutete meinen Gesichtsausdruck völlig anders als ich es empfand.

„Do you enjoy it? The highest building of the world! It's crazy, isn't it?", er lachte das breiteste seines auch sonst schon sehr breiten Lachens, das für mich so fürchterlich typisch amerikanisch war.

Die Aufzugtür öffnete sich. Ein kleiner Flur, unspektakulär, aber eindeutig nicht das Büro, aus dem wir vor nicht viel mehr als dreißig Minuten gekommen waren. Es roch etwas nach frischer Farbe und die Wände waren kahl, kein Muster, keine Bilder, keine Einrichtung. Im Büro hatte Tony über den Edelholzboards überall Picasso und Matisse hängen.

„Where are we?“, fragte ich.

„Toronto“, sagte er, „the new CN-Tower. We are one of the first visitors here.“

Und als ich immer noch ungläubig schaute meinte er: „This is really exclusive.“ Er öffnete mit seinem Fingerabdruck die Tür, vor der wir standen. Wir kamen in einen großen Raum mit hoher Decke und einem riesigen Fenster.

Ich schaute mich um, machte mit dem Kopf intuitiv eine schnelle Drehbewegung, ruckartig von links nach rechts, so wie ich mir das angewöhnt hatte, wenn ich einen Virtual Reality Set auf dem Kopf hatte. Bei den meisten Systemen war die Latenz für ganz schnelle Bewegungen doch noch zu groß. Man sah ein leichtes Verwischen und wusste, dass es ein VR-System war. Hier passierte nichts. Ich fasste möglichst unauffällig an meine Stirn, fuhr mit den Fingern über meine Augen. Da war nichts, keine Brille, kein Display. Ich schaute auf meine Hand. Ich hatte Wimperntusche an den Fingern.

Tony hatte mich beobachtet: „Hey“, sagte er, „it‘s real. It‘s not a simulation. We are really in Toronto! This will be my new office.“

Es war schon fast alles fertig. Trotzdem fühlte man noch die Baustelle. Auf dem Fußboden lagen in einer Ecke Teppichstreifen, die noch nicht verklebt waren und an einem Fenster hingen einige Streifen Schutzfolie. Aber der Blick war fantastisch, eigentlich wie aus dem Flugzeug, nur, dass man sich nicht bewegte und dass da ein riesiges rundumlaufendes Panoramafenster war.

Neben mir war eine Sitzgruppe. Ich setzte mich, ohne zu überlegen, auf ein noch mit einer knisternden Folie abgedecktes Sofa.

3.

Um das alles zu realisieren, brauchte ich etwas. Ich war davon ausgegangen, dass der Hyperloop, den Tony mir zeigen wollte, eine Teststrecke war, dass wir einmal eine kleine Runde drehen und dann wieder im Büro ankommen würden. So, wie ich das aus den Videos im Netz kannte. Ich hatte nicht gedacht, dass wir nach der knapp halbstündigen Fahrt in Kanada sein würden. Das war verrückt, „crazy", wie Tony sagte. Theoretisch konnte er, mit dieser auf einem Magnetfeld durch die Vakuumröhre geschossenen Kapsel, zum Mittagessen nach Toronto fahren und dann seine Nachmittagstermine wieder in New York machen. Es war unglaublich.

Wir schlenderten durch eines der neu entstandenen Stadtviertel. Ein traumhafter Spaziergang. Ich war bisher noch nie in Toronto gewesen. Das alte Toronto kannte ich nicht. Aber wenn man sah, was hier entstanden war, dann verstand man, warum Toronto jetzt so ein Magnet war. Es waren nicht nur die politischen Verhältnisse, die niedrigen Steuern und die unabhängig vom finanziellen Status für alle geltende Rechtssicherheit, es war einfach auch eine Art von Lebensqualität, eine Lebensqualität, die es in den US-amerikanischen Städten nicht mehr gab. Man konnte hier so durch die Straßen gehen, ohne Security und ohne Bewaffnung.

Es gab breite Gehwege. Auf den Straßen waren Bäume und zwischen den Häusern Parks mit Gärten und Spielplätzen für Kinder, und es gab hier auch Kinder, die da spielten. Es gab sogar Straßenmusiker.

Wir kamen in ein Viertel, in dem die Fassaden der Hochhäuser, die trotz ihrer Größe wie mit leichter Hand spielerisch in die urbane Topographie eingestreut scheinen, nach einem neuen Konzept begrünt waren. Es war eine Luft, als spazierte man durch einen der wenigen noch verbliebenen großen kanadischen Wälder.

„It's amazing, the flats here are not even really expensive", meinte Tony. Er deutete kurz mit dem Kopf auf die imposante Fassade des uns gegenüberliegenden Hauses: „You know, even David Garrett can afford one of these flats." Tony lachte und fügte dann noch schnell ein breites „cool" hinzu.

Ich konnte Tonys Tonfall nicht richtig einschätzen. War er spöttisch? War er abwertend? Abwertend gegenüber diesen Wohnungen und dieser alternativen Bauweise, die mich gerade so beeindruckte? Waren Wohnungen, die nicht einige tausend Dollar pro Quadratmeter kosteten, für ihn nichts wert? Eigentlich passte das nicht zu dem Bild, das ich von Tony hatte. Er war reich, ja, fürchterlich reich und er arbeitete – oder man konnte auch sagen spielte –, mit dem Geld der Superreichen, aber er war kein Snob. Vielleicht war das, was ich als Ironie in seinem Ton zu hören glaubte, einfach nur eine kleine versteckte Spitze gegen David Garrett. Ich glaube schon, dass er ihn bewunderte. Aber es konnte ja auch sein, dass er gleichzeitig auf eine bestimmte Art auch neidisch auf den Geiger war. Genau verstand ich das nicht.

In der letzten Zeit war der Stargeiger vor allem mit Prozessen in den Medien. Seine ehemalige Verlobte, ein Pornostar – er hatte sie bei der Nutzung eines Escort-Service kennengelernt–, verklagte ihn seit ihrer Trennung, 2016, ein oder zweimal pro Jahr. Sie stellte immer neue Ansprüche. Bisher hatte der Musiker alle Prozesse verloren. Nur einmal war es zu einem, für ihn dann auch noch ungünstigen, Vergleich gekommen. Es hieß, dass der Musiker, vor den immer neuen Klagen, jetzt nach Kanada geflohen sei. Tony regte sich oft über die absurden Auswüchse des US-Amerikanischen Rechtssystems auf. Es konnte also gut sein, dass ich Tonys Ton ganz falsch verstand, dass in dem „cool" nicht Ironie sondern Bewunderung lag, Bewunderung dafür, dass es hier möglich war, als ein verarmter, vom verdorbenen amerikanischen Rechtssystem gebeutelter Musiker, in so einer guten Wohnung zu leben, abends einfach auf die Straße zu gehen, einen Hut vor sich hinzustellen, Bachs Chaconne oder einen Blues zu spielen und dann in eines der Restaurants zu gehen um mit dem erspielten Geld eine gute Pizza oder eine ordentliche Kartoffelsuppe zu essen. Ja, ich glaube Tony fand das Leben hier im neuen Toronto ganz in diesem Sinne „cool". Er mochte es. Die Ironie, die ich in seiner Stimme mitschwingen hörte, bezog sich nicht auf Toronto sondern auf das New York, aus dem wir kamen, auf die Stadt in der, und mit der, er und sein Vater das Geld verdient hatten, dass es ihm nun ermöglichte, sich diese private Hyperloop-Verbindung zu leisten, eine Verbindung mit der er, einfach einmal so, in diese in ihrer neuen urbanen Freiheit aufblühende Stadt fahren konnte. Ja, das war „cool“. Ich lachte Tony an, entspannt.

„Be careful“, riss mich Tony aus den Gedanken. Er packte mich von der Seite und fing mich auf. Beinahe wäre ich gestolpert und in eine der kleinen, parallel zu den Fußwegen verlaufenden flach gepflasterten Rinnen getreten. In ihnen floss klares Wasser. Das hielt die Luft angenehm frisch.

Wir gingen in ein Restaurant. Ein großer Teil des Innenhofs war mit Glas überdacht. Hier standen exotische Bäume und Pflanzen aus aller Herren Länder, und, inmitten dieser dicht gedrängten lebenden botanischen Enzyklopädie, Tische in kleinen Gruppen. Tony steuerte zielsicher auf den Platz vor einer mächtigen Wand aus Paradiesvogelblumen zu. Ich hatte noch nie so viele dieser markanten Blüten so dicht beieinander gesehen.

„My favorite place“, sagte er stolz.

Das Verrückte war, dass das hier alles echt war. Es war keine Projektion und auch kein sonstiger elektronischer Schnickschnack. Es waren einfach echte Pflanzen, deren Wurzeln in echter Erde steckten und sich von echtem Wasser ernährten. So eine Location hatte ich noch nie gesehen. In New York gab es einen Barbesitzer mit gutem Kontakt zum MoMA. Er hatte sich Repliken einiger Fototapeten aus den 1970er Jahren anfertigen lassen, Bilder von Tropenwäldern und Parklandschaften. Er hatte die Tapeten auf die abgeschalteten Projektionswände geklebt und davor, in unterschiedlich großen Kübeln, Topfpflanzen gestellt. Seine Bar war in New York der Geheimtipp. Aber das, was ich jetzt sah, war noch

70

viel cooler. Ein ganzes Biotop mit verschiedenen ökologischen Zonen. Eine kleine grüne Reise um die Welt.

„This is one of the Italian tables", sagte Tony, „you should try the stone oven pizza. It's the best you can get, in the world, I promise".

Tony hatte nicht zu viel versprochen. Vielleicht hatte ich in Neapel einmal so eine Pizza gegessen, aber das war schon sehr lange her. Mein Zögern bei der Frage nach dem Dessert beantwortete Tony mit einer Bestellung. Ein belgischer Griespudding mit einem mehrschichtigen Überzug von unterschiedlichen Frucht- und Schokoladencremes. Ich hätte nie gedacht, dass Grießpudding so köstlich schmecken könnte.

Als wir mit dem Nachtisch fertig waren, rückte Tony, er saß mir gegenüber, seinen Stuhl etwas vom Tisch ab. Er schlug seine Beine übereinander und lehnte sich zurück. Zum ersten Mal war in seinen Bewegungen etwas von Reife, etwas, das mich an einen erwachsenen Mann denken ließ. Es konnte sein, dass es daran lag, dass in dem von den vielen Pflanzen hier mild reflektierten Licht, seine kindlich glatte Haut nicht so auffiel. Sein Habitus hatte etwas Ernsthaftes bekommen. Er schien das zu merken, strich mit den Spitzen seiner Finger über das Tischtuch, hin und her, sehr kurz nur, aber doch so lange, dass sowohl er als auch ich es als Geste von Nervosität bemerken konnte.

Was jetzt kommen würde, musste für ihn etwas sehr Wichtiges sein, wichtiger als alles was er bisher mit mir besprochen hatte. Es gab einen Grund für diesen Ausflug, einen richtigen Grund. Ich vergaß einen Moment zu atmen, holte dann, im Gesicht fast schon rot angelaufen, sehr schnell und tief und viel Luft, etwas zu viel. Normalerweise hätte ich mit einem entschuldigenden Lachen die überhastig eingezogenen Luft wieder ausgestoßen und so die Spannung gelöst. Jetzt blieb ich ernst, ließ die Luft nur langsam über die kaum geöffneten Lippen strömen, vorsichtig kontrolliert, damit man meine Spannung nicht bemerken konnte und so, als müsse ich noch überlegen, ob ich die Luft nicht doch noch, wie ein Taucher, auf Vorrat, in mir behalten sollte. Ich schaute in Tonys Gesicht. Er sagte immer noch nichts, obwohl er eigentlich wohl schon lange hätte etwas sagen wollen.

Mir schossen wieder die Gedanken und Bilder durch den Kopf, die ich in der Hyperloop-Kabine gehabt hatte. Ich wurde nervös. Nein, dachte ich. Vorsicht, stopp. Nicht noch einmal in Verliebtheitsgedanken verlaufen. Ich musste konzentriert bleiben, durfte mich nicht von meinen phantasiegetriebenen Gedanken oder Gefühlen überwältigen lassen. – Projiziere nichts auf ihn. Konzentriere dich auf das was du wahrnehmen kannst. Keine Gedanken, keine Interpretationen. – Es hämmerte mechanisch in meinem Kopf. Notbetrieb. Alarmstufe Rot. Ich griff zu den verhaltenspsychologischen Schablonen, die man in den Kommunikations- und Verhandlungstrainingsseminaren lernt. Vielleicht ging es ja doch um das „German Rail Problem“, wie Tony das heute Morgen genannt hatte. Wahrscheinlich war dieser kleine Ausflug ja genau das, was Tony mit Investoren machte, denen er den Hyperloop schmackhaft machen wollte. Es war ja wirklich eine beeindruckende Demonstration dieser Technik. Die konnte auch Skeptiker überzeugen. Und meine ganzen Gedanken von der Spritztour des verliebten Halbstarken mit seiner Perle, das waren meine Gedanken. Da musste ich mal für mich dran arbeiten, alleine, in einer stillen Stunde. Jetzt ging das nicht. Das war mein Ich-habe-keinen-Mann-Problem. Das sollte ich hier wirklich nicht problematisieren. Es hatte von Tonys Seite aus keine Annäherungen gegeben. In seinem Verhalten fand sich nicht die kleinste Spur einer sexuellen Anspielung. Als ich eben beinahe in einen dieser an die Freiburger Bächle erinnernden Wassergräben getreten wäre, hatte er mich berührt, er hatte mich richtig angefasst. Aber diese Berührung war ganz und gar nicht erotisch gewesen. Es war ein funktionaler Griff unter meine Schultern, damit ich nicht stolperte. Sicher und präzise und nur genau so lange wie er notwendig war um mich vor dem Tritt in das Bächle zu schützen. Wenn er etwas von mir gewollt hätte, etwas privates, einen intimen Kontakt, dann wäre das die Gelegenheit gewesen, einfach so die Situation, selbst wenn er, wovon ich ausging, die badische Sage mit dem Heiraten nach dem Tritt in das Bächle nicht kannte.

Es ging sicher um das Problem mit der Deutschen Bahn. Mein Puls wurde wieder ruhiger. Das deutsche Bahn-Management war zwar schon bei einem sehr frühen Hyperloopprojekt als Projektpartner dabei gewesen, aber immer halbherzig und eigentlich mehr um zu wissen was passierte, nicht um das Projekt voranzutreiben. Sie hatten Sicherheitsbedenken und verstanden es meisterhaft, die ohnehin komplizierten deutschen und europäischen Vorschriften so zu kombinieren, dass sie sich dem dieser Rechtstradition fremd gegenüberstehenden amerikanischen Unternehmer als ein undurchdringliches Dickicht präsentierten.

Das war mein Job. Deshalb war ich hier. Damit kannte ich mich aus. Ich hatte da schon Papiere vorbereitet, eines mit der Analyse der rechtlichen Situation und eines mit einer Strategie. Das hatte ich auch alles ganz gut im Kopf. Ich wurde jetzt ganz ruhig, konnte mich wieder auf den mir gegenübersitzenden Tony konzentrieren.

Seine Finger liefen immer noch in unbestimmten Intervallen über die Tischdecke. Manchmal strich ein solcher Lauf sie glatt, manchmal entstand in dem Tuch eine Falte. Ich frage mich, warum ich bei Männern immer so sehr auf die Hände schaue und schob den Gedanken sofort wieder beiseite. Bleibe bei der Sache, sagte ich mir.

„You know", begann Tony, er sprach langsam, in seiner Stimme lag ein trockener Ton, etwas wie Unsicherheit. Das hatte ich bei ihm noch nie erlebt.

„You know. – I. – Well, it is for me . . ." Er holte Luft, schaute auf das Tischtuch vor ihm: „Well, I somehow hesitate to start with this, it's . . ."

Worauf wollte er hinaus? Was wurde das hier? Das war nicht der intelligenzgeboostete super Sonnyboy, der mit unbezwingbarer Kraft die moderne Version des amerikanischen Traums lebte.

„I think you certainly have more understanding for the european character. So, I don't want to bother you with private stuff, but . . ."

Oh, „private stuff". Also doch. Das war nicht das „German Rail Problem". Die schon verschwunden geglaubte Nervosität sprang wieder hervor. Innerhalb von nur wenigen Millisekunden sausten bei mir noch einmal alle an diesem Tag schon so oft in den unterschiedlichsten Variation durchgerechneten Kalkulationen in den Windungen meines Gehirns hin und her. Ergebnis: Nein. Eindeutig nein!

Amerika war für mich die Lösung gewesen, die Lösung für eine ganze Reihe von Problemen. Vor allem war es die Loslösung von der mit Vergangenheit und Verwirrungen vollgestellten Welt meines alten Lebens. Die gescheiterten Versuche der Karrierefrau, ein Privatleben aufzubauen, waren allesamt vertrocknete Pflanzen. Die wollte ich nicht wiederbeleben. Ich war hierhergekommen um zu arbeiten. Alles war neu. Alles war anders. Das hatte mir gut getan, sehr gut. Ich hatte mich frei gearbeitet. Den Schmerz meiner Einsamkeit spürte ich nur noch selten und ich konnte ganze Passagen des Tages genießen, selbst wenn ich abends alleine in meinem kleinen Apartment saß.

Noch einmal flashte es mich. Konnte das jetzt hier der nächste Schritt sein? Eine richtige Beziehung? Oder war das nur ein Klischee, der Chef mit der Angestellten? – Selbst wenn es kein Klischee gewesen wäre: Ich wollte das nicht. Definitiv!

Tony sprach von seinem Privatleben, das für ihn wichtig sei, dass aber oft zu kurz gekommen sei, in letzter Zeit. Waren das noch die einleitenden Floskeln, oder war das schon sein Thema? Ich verstand ihn nicht wirklich. Vor allem konnte ich nicht die Richtung erahnen, in die das, was er da anfing, laufen würde. Ich versuchte mir vorzustellen, wie einer der von ihm langsam in den Raum gestellten Sätze klänge, wenn er ihn auf Deutsch sagen würde. Ich wusste, dass man das nicht machen soll, tat es aber trotzdem. Dann viel das Wort Vater.

„We have been looking for my father for some time now."

„We". Er hatte also seinen ganzen Stab eingesetzt. Das passte und das war eine Geschichte mit der ich umgehen konnte. Sein Vater hatte sich aus dem Geschäft zurückgezogen, vor über zwanzig Jahren schon. Er war gereist und sie hatten ganz normal Kontakt. Irgendwann war der Kontakt dann abgebrochen. Es hatte keinen Streit gegeben, auch kein Zerwürfnis. Tony hatte viel zu tun. Die Agentur war nicht sein erstes Projekt und sein Vater hatte eine Vorliebe für einsame Landstriche, Orte fernab der Zivilisation. Das war ja okay für einen gut situierten Privatier und es war durchaus auch ganz normal, wenn man dann ein halbes Jahr oder vielleicht auch ein ganzes Jahr keinen Kontakt hatte. Aber seit zwei Jahren war der Kontakt völlig abgerissen. Er wusste einfach nicht wo sein Vater war, was er machte und wie es ihm ging.

Es war bekannt, dass Tony ein Freund von Big Data war. Er betrieb zwei eigene Rechenzentren. Einer seiner Rechner war jedes Jahr auf Platz zwei oder drei der Top 500 Liste der Supercomputer. Er hatte ein Dynamisches Storage Array, das nicht nur das gesamte Netz, sondern noch so ziemlich alles Andere was es weltweit an Daten gab, spiegelte. Er hatte seine Jungs da drangesetzt. Die hatten ihren Werkzeugkasten aufgemacht und alle etablierten Methoden über die Daten gejagt.

4.

Irgendwo in Europa verliefen sich die Spuren seines Vaters. Tony hatte Daten von Hotelbuchungen in Venedig und Neapel, ein Flug nach Paris, eine Zugfahrt nach Köln – dort kein Hotel –, dann einige Buchungen aus Hamburg. Das war's. Und das war mehr als zwei Jahre her.

„He has been in Hamburg for some time, I think."

Ich stutzte. Worauf wollte Tony hinaus? Hoffte er, dass ich etwas über seinen Vater wüsste? Tonys Gesichtsausdruck war so ernst und erwartungsvoll. Hamburg war nicht Toronto oder New York. Ein Dorf, in dem man nach einer Woche jeden Einwohner kennt und Besucher auf den ersten Blick identifiziert, war Hamburg trotzdem nicht. Außerdem hatte ich gar keinen Zugang zu der Art Clubs und Restaurants, in denen Leute wie Tonys Vater verkehrten. Auch in Europa waren die Reichen gerne unter sich.

Er hatte von seinem Vater ein Bild. Tony zeigte es mir. Er meinte das wäre das aktuellste, das er hätte. Das Bild zeigte einen Mann und eine Frau die in Selfie-Manier in die Linse der Kamera eines Mittelklasse-Handys schauten. Ein Karneval-Foto. Sie hatte ein weiß geschminktes Gesicht und eine Clownsnase. Er trug eine Einsteinperücke und zeigte der Kamera mit weit aufgerissenem Mund seine herausgestreckte Zunge.

„But this is not Hamburg", meinte ich.

„No", sagte Tony, „it's from their time in Cologne, I think. I guess he met the woman there".

Nicht nur die Frau, auch Tonys Vater war geschminkt. Wenn man nur die offiziellen Bilder, die es von ihm im Netz gab, kannte, konnte man ihn nicht erkennen.

Tony sagte es nicht direkt, aber ich hatte den Eindruck, dass er die Frau dafür verantwortlich machte, dass sein Vater den Kontakt abgebrochen hatte.

„She is mad, she is really mad", sagte er.

Das klang traurig und ärgerlich zugleich. Dabei kannte er die Frau gar nicht. Trotzdem war mir jetzt klar, was da bei Tony lief. Das passte. Die New Generation Americans waren wohlbehütete Muttersöhnchen. Das Tragische war, dass sie an dem Schürzenband einer Mutter hingen, die es so real gar nicht gab. Diese Mutter war ein virtuelles Objekt. Sie war ein Konstrukt, kombiniert aus den eingekauften Dienstleistungen ganz unterschiedlicher Personen. Die „Spenderin" der Eizelle war ihnen, und auch ihren Vätern, unbekannt. Sie war, als die im Hintergrund stehende, bewusst ausgeblendete biologische Mutter, Teil Eins des Konstrukts. Teil Zwei war die Leihmutter, die die befruchtete Eizelle austrug. Die war zwar in der Regel dem Vater bekannt, zumindest hatte er von ihr ein amtlich beglaubigtes Gesundheitszeugnis gesehen, aber es war vereinbart, dass nach Erbringung der Dienstleistung jedweder Kontakt unterbunden wurde. Namen und Adressen lagen beim Institut unter Verschluss und selbst ein Gericht konnte die Herausgabe nicht erzwingen. Diese beiden Teile der konstruierten Mutter waren Tabu. Es gab sie nicht, durfte sie nicht geben, im Bewusstsein der Vater-Sohn-Familie. Die mütterlichen Anteile, auf die zuzugreifen erlaubt war, und an die sich die New Generation Americans klammerten, waren der Teil des Vaters der sich ihnen gegenüber als Mutter sah.

Der Vater hatte das Institut ausgesucht. Die Reputation des Institutes wurde Teil des Selbstbewusstseins der von ihm gezeugten Kinder. Modernste Technik, höchster medizinischer Standard, perfekt dosierte, die embryonale Entwicklung begleitende, additive Substanzen, das alles war identitätsstiftend. Der Vater hatte die Nanny ausgesucht, den Pflege- und Fürsorgeplan festgelegt. Meist gab es für jede Entwicklungsphase des Kindes spezialisierte Nannys. Das hatte auch den durchaus beabsichtigten Effekt, dass keine zu enge Bindung entstehen konnte. Es war alles so konstruiert, dass der Vater im Mittelpunkt stand. Und den suchte Tony jetzt mit allen ihm zur Verfügung stehenden Mitteln. Es war die grausam bittere Traurigkeit einer vereinsamten Existenz, die da sichtbar wurde. Ungeschützt und nackt lag sie offen, wie auf dem Seziertisch eines Pathologen.

Ich schaute auf den Tisch vor mir. Der Kellner hatte bereits abgeräumt. An der Tischkante liefen Tonys Fingerkuppen ununterbrochen unruhig über die acrylumhüllten wasserabweisenden Fasern des weißen Tischtuchs. Es sah aus, wie der vergebliche Versuch, etwas glatt zu streichen.

Irgendein Schutzmechanismus bewahrte mich davor, das alles zu nah an mich herankommen zu lassen.

Ich weiß nicht, wie Tony auf die Idee gekommen war, dass ich mit seinem Vater Kontakt gehabt hätte oder etwas über ihn hätte wissen müssen. Bei seiner Big Data Analyse musste da irgendetwas herausgekommen sein, dass auf mich deutete. Aber das war Unsinn. Ich war mir ganz sicher, dass keiner meiner Klienten sein Vater war. Ich war auf Wirtschaftsrecht spezialisiert, ja, aber ich verkaufte keine Immobilien. Ich war doch kein Makler. Tony verstand den Unterschied nicht. So erstaunliche Ergebnisse Big Data erzeugen konnte, Big Data war auch gefährlich. Es konnte Sachen plausibel aussehen lassen, die gar nicht plausibel waren und es stellte mitunter auch einmal Zusammenhänge her, die gar nicht existierten. Big Data war Statistik, und Statistik hat von sich aus nichts mit Kausalität zu tun. Auch wenn es seine letzte Hoffnung gewesen war, in diesem Fall war es einfach falsch. Und einmal abgesehen davon, dass es nichts gebracht hätte: Selbst wenn ich es gewollt hätte, hätte ich ihm nicht einfach die Liste meiner Mandanten und eine Aufstellung aller in den letzten zwei Jahren mit Hilfe unserer Kanzlei geschlossenen Verträge geben können. Das ging nicht.

Irgendwann verstand Tony das. Er war, das merkte ich erst jetzt, ganz ehrlich gewesen, hatte sich mir in seiner ganzen Verletzlichkeit und Verletztheit gezeigt. Es war sehr intim, was da passiert war, in der letzten Stunde, zwischen uns. Ich glaube es war der höchste Grad von Intimität, zu dem Tony fähig war. Dass ich das zugelassen, ihn ernst genommen hatte und dabei wahrhaftig geblieben war, dass hatte ihm gut getan. Er hatte etwas Echtes und Warmes von mir bekommen.

„Danke“, sagte Tony.

Es war das erste Mal, dass ich ein deutsches Wort aus seinem Mund hörte. Es sprach es fast ohne Akzent aus.

5.

Auf dem Rückweg redeten wir über das „German Rail Problem" und auch über das Projekt auf der arabischen Halbinsel. Tony fand meine Ideen gut.

„You're really the most perfect lawyer I ever met", sagte er und, nach einer kurzen Pause: „and you are a beautiful woman."

Das seltsame war, dass er das so sagte, dass es einfach eine sachliche Feststellung war. Er sagte es, ohne eine dahinterliegende Absicht. Es war kein Kompliment, das schmeicheln oder gar verführen wollte. Es war wertschätzend, ja, aber es war in keiner Weise mehr als eine Feststellung. Ich glaube, Tony war gar nicht fähig, eine intim emotionale Beziehung zu einem anderen Menschen aufzubauen. Tonys von mir zunächst als ironisch distanziert gedeuteter Tonfall, als er über den Geiger David Garrett sprach, das war eine Art von Identifikation. Es gab da etwas, das ihn und diesen Geiger verband. Man musste da gar nicht unbedingt eine direkte persönliche Begegnung konstruieren. Vielleicht war Tony einmal bei einem seiner Konzerte gewesen, ja, aber Tony war nicht der Typ, der sich eine Autogrammkarte holte, oder einen Tonträger signieren ließ.

Tony fehlte, wenn auch aus anderem Grund, das Gleiche, was auch David fehlte. Schon als ganz kleines Kind war der Geiger von seinen Eltern trainiert und gedrillt worden. Bei Tony hatte der Drill bereits vor der Geburt mit Chemie in der Petrischale begonnen. Der Geiger bekam nur wenn er die an ihn gestellten Erwartungen erfüllte Zuwendung. Er hatte das in einem Interview einmal sehr plastisch gesagt. Als Erwachsener holte David sich Liebe, die er von seinen Eltern immer nur als Bezahlung für Leistung bekommen hatte, von Frauen, die er bezahlte. Das war erstes Semester Psychologie.

Wie das bei Tony war, wusste ich nicht. Wahrscheinlich nahm er dafür Pillen oder es gab ein Computerprogramm, das ihn befriedigte.

Erstaunlich war, dass er, nachdem unser Gespräch im Restaurant so persönlich geworden war, von einem Moment auf den anderen hatte umschalten können. Wie auf Knopfdruck war der jugendlich smarte Businessman wieder da.

Am Abend, als ich müde von dem anstrengenden Tag allein in meinem Apartment saß, nahm ich eines der Schreibhefte, die ich in Toronto in einem Lädchen gekauft hatte und malte auf eine Seite ganz viele lange dünne Linien parallel eng nebeneinander. Ich wusste nicht warum, aber es beruhigte mich.

6.

Für meine Beratung bei dem Projekt mit der Deutschen Bahn, und für meine Vorschläge zur Vertragsgestaltung der Linien auf der arabischen Halbinsel, zahlte mir Tony eine Provision. Als er mir die Summe nannte, brauchte ich einen Moment um zu realisieren, dass das etwas mehr als das tausendfache meines Jahresgehalts war. Ich schaute ihn an, und sagte nach einem Moment, ganz aus dem Bauch heraus: „Crazy". Tony lachte und ich lachte auch. Mein „crazy" hatte sehr amerikanisch geklungen, und das wo ich doch sonst, selbst bei einzelnen Worten, immer sofort mit meinem deutschen Akzent auffiel.

Ich machte noch zwei Projekte für ihn, dann lief mein Vertrag aus. Ich verlängerte ihn nicht. Tony fand das schade. Aber ich wollte wieder nach Europa. Das verstand er. Ich nahm mir drei Monate für eine Reise durch den amerikanischen Kontinent, dann saß ich im Flieger nach Europa. Ich freute mich auf Zuhause. Eigentlich hätte ich mich fragen müssen, ob ich wusste wo das war, im Nirgendwo der von Algorithmen durchtränkten Welt. Ich beschloss es für wirklich zu halten.

Alexandra Kirschbaum

Die Freundin

Geschrieben im Sommer 2016

1.

30.10.2019: Ich klickte die Fehlermeldung weg. Die Datenbank war in Ordnung. Vielleicht müsste man irgendwann noch einmal die ein oder andere Abfrage aktualisieren, doch für die tägliche Nutzung war das kein wirkliches Problem. Da lief alles.

Ich nahm den nächsten Anrufer an. Er hatte schon etwas länger gewartet. Es war eine Standardanfrage. Das hätte das System auch alleine machen können. Bis zum Ende der Schicht passierte nichts Auffälliges mehr. Alles im grünen Bereich. Ich fuhr mit dem Rad nach Hause. Obwohl es schon lange Herbst war, war es immer noch sehr warm, selbst am Abend noch.

2.

03.11.2019: Wir sind jetzt einundzwanzig Jahre verheiratet, die zwei Kinder sind im Studium, wir beide, mein Mann und ich, arbeiten in derselben Firma. Wir sind, so von außen betrachtet, der Prototyp einer gutbürgerlichen Familie, eigentlich eine richtige Klischee-Familie.

Aber auch in einer Klischeefamilie laufen Dinge manchmal anders als man es erwartet. Gestern zum Beispiel, hat mein Mann angefangen zu putzen. Mit einem Bioreiniger, Sofio-Bio, oder so, heißt das Zeug. Es greift die Hände nicht an, man kann ohne Handschuhe putzen, und die Kalkränder an den Abflüssen, die, die ich auch mit dem scharfen Chemiezeugs nicht wegbekommen habe, kriegt er damit weg. Ich habe das Zeug meinem Schwager empfohlen, als er angerufen hat und seinen Bruder sprechen wollte. Ich habe meinem Schwager auch erzählt, dass mein Mann mich heute gefragt hat, ober er eine alte Schulfreundin einladen kann, ob sie mal bei uns übernachten könne.

Mein Mann putzt jetzt den Keller. Unter dem Bett, das in der Nische steht, in dem großen Raum neben dem Heizungskeller, hat er eine Maus gefunden. Die war schon etwas länger tot. Ich habe zuerst gar nicht erkannt, dass das einmal eine Maus war, so verwest war der kleine Kadaver. Bei uns im Keller hat es schon eine

ganze Zeit etwas seltsam gerochen. Ich hatte deshalb bereits einige Male nachts die Fenster aufgelassen, um einmal richtig gründlich durchzulüften. Das hatte aber nie
wirklich geholfen. Jetzt putzt mein Mann dort.

3.

05.11.2019: Es war fast schon ganz dunkel. Der Wagen lag gut auf der Straße. Wir fuhren in Richtung Bahnhof. Die Brücke war immer noch gesperrt. Deshalb musste man den Umweg durch die Hochhaussiedlung fahren. Das dauerte zehn Minuten länger. Die hatte ich eingeplant. Trotzdem waren wir fast zu spät. Simone rannte, schneller als ich es ihr zugetraut hätte, zum Bahnsteig und erwischte so gerade noch ihren Zug. Ich war froh, dass sie es geschafft hatte und ich wieder alleine im Auto saß. Simone war anstrengend. Ich wusste nicht, was mein Mann an ihr fand. Gut, sie kannten sich seit der Schulzeit, waren zwar nicht in die gleiche Schule, dafür aber in den gleichen Tennisclub gegangen. Doch das allein konnte es nicht sein, fand ich.

4.

15.11.2019: Der graue Mercedes sauste mit viel zu hoher Geschwindigkeit an mir vorbei. Ich lag im Straßengraben. Ich glaube mir war nichts passiert, nur dem Fahrrad. Das Vorderrad war völlig verbogen. Das war nicht weiter schlimm, es war ein altes Rad. Schade war es trotzdem, vor allem weil ich jetzt nicht weiterfahren konnte. Auf meinem Handy blinkte eine neue Nachricht, doch ich fand meine Brille nicht. Das war blöd. Hoffentlich war sie beim Sturz nicht zerbrochen. Ohne Brille konnte ich nichts lesen.

Mein Kopf brummte. Der Sturz war doch wohl heftiger gewesen, als ich es zunächst eingeschätzt hatte. Aus einem sich mir nicht erschließenden Grund funktionierte die Sprachsteuerung des Handys nicht. Ohne Brille, die hatte ich immer noch nicht gefunden, war die Anzeige auf dem Display für mich nicht zu lesen, egal wieviel ich zoomte.

Wie lange würde ich brauchen, um zu Hause anzukommen, zu Fuß? Würde Simone noch da sein? Sie war in letzter Zeit meist da, wenn ich kam und ging dann immer kurz nach meiner Ankunft. Jetzt hätte ich schon lange da sein wollen. Sie müsste also fort sein, wenn ihr Gehen nicht in meinem Kommen die Ursache hatte.

5.

Einige Tage später. Der Eintrag lässt sich nicht genau zuordnen. Bei ACPP, dem Amazon Consume Prognostics Programm, war irgendetwas schief gelaufen. Der Algorithmus hatte die Bedarfe für die kommende Woche falsch vorausberechnet. Mit den 347 Waschmittelpaketen hatte ich noch kein Problem, auch wenn sie auf der Terrasse nicht ganz optimal gelagert waren. Ich denke ihre Verpackung war nicht dauerhaft regenfest. Aber für die ersten Wochen würde es reichen. Dann musste man gegebenenfalls eine Plane über den von der Drohne sorgfältig aufgebauten Stapel ziehen. Zumindest hatten wir jetzt für die nächsten Jahre genug Waschmittel. Das Pulver verdarb ja nicht. Aber was sollte ich mit tausend Liter Salzsäure? Die standen einen Tag später neben dem Waschmittel, akkurat in rechteckige Einliter-Plastikflaschen gefüllt, jeweils zu acht mit Schrumpffolie zu einem Gebinde verpackt und mit einer farbigen Trageschlaufe versehen, fast wie Mineralwasserflaschen aus dem Supermarkt.

6.

20.11.2019: Ein sehr langer Flur. Dunkler Boden, Steinzeug oder ein massiver Kunststoff, wahrscheinlich irgendeines dieser multisäureresistenten New Chem Materialien mit nature-like Look aus der Hexenküche eines Startups, das direkt nach seinem ersten Erfolg von einem der globalen Chemiegiganten gekauft worden war. Die schmalen Türen der Büros waren, wie prozedural erzeugt, in regelmäßigen Abständen über die ganze Länge des Flurs verteilt.

So stellt man sich die Innenansicht eines Polizeipräsidiums vor, ging es mir durch den Kopf. Ich schaute mich um. Es sieht hier wirklich so wie auf einem dieser fürchterlichen Flure aus, dachte ich und dann, nach einer Art Schaltpause, merkte ich, dass ich es war, die hier saß, auf dem Flur, vor einer dieser Türen. An meinen Händen, genauer um meine Handgelenke, waren Handschellen.

Das ist der Anfang eines schlechten Films, dachte ich. Ich suchte nach dem Menü. Exit. Aber da war kein Menü, auch keine Fernbedienung oder der Button eines Controllers. Das hier war offensichtlich die Wirklichkeit. Ich war im Polizeipräsidium, die Handschellen waren echt und kein Spielzeug und es gab auch einen Grund, dass ich sie trug. – Langsam kam meine Erinnerung zurück. – Ich war es selbst schuld. Bei meiner Festnahme hatte ich um mich getreten, geschlagen und gebissen. „Sei vorsichtig mit der Furie", hatte der Wachtmeister bei der Übergabe zu seinem Kollegen gesagt.

Ich wusste nicht, was in mich gefahren war, konnte mir das nicht erklären. Der kleinwüchsige Kommissar, der da so plötzlich in unserem Wohnzimmer stand, mit den beiden Gorillas an seiner Seite, auch das war Personal aus diesem schlechten Film. Er hatte, als er da stand, vor dem flachen Tisch und der tief hängenden Lampe, so fürchterlich dämlich gegrinst. Da hing noch immer ein aus buntem Tonpapier gebasteltes Mobile, ein Heißluftballon mit einem Hochzeitspaar, Bräutigam und Braut. Es war von unserer Hochzeit. Als wir zu Hause die Geschenke ausgepackt hatten, damals, da hatte mein Mann das Mobile, das in einer der Kartons war, genommen, an die Lampe gehängt und mich geküsst. Und seitdem hing es da.

Das kleine schmutzige Lachen des Kommissars konnte es doch nicht gewesen sein, was mich so aus der Fassung gebracht hatte. Irgendetwas mit der Kontrolle meines psycho-emotionalen Systems war durcheinandergeraten. Sonst war ich doch immer beherrscht und rational, gerade auch im Umgang mit der Staatsgewalt. Noch nie hatte ich so einen Ausfall gehabt.

Ich schaute auf das Schild, das neben der Tür hing, vor der wir saßen und hoffte, dass es ein Display war, LCD oder e-paper, vielleicht auch ein OLED. Aber es war einfaches Papier hinter einer ganz leicht gebogenen dünnen Plexiglasscheibe. Langweilig. Damit konnte ich nichts anfangen. Ich war in der Wirklichkeit. Ich schaute zu dem Wachtmeister der neben mir saß und an den ich angeschlossen war, wie das im Polizeideutsch hieß. Ein bulliger Typ. Bei jeder Bewegung schien er die knappe Uniform, die er trug, mit seinen kompakten Muskelpaketen fast zu sprengen. Den hatte man wohl ausgesucht um mit mir keine weiteren Scherereien zu haben. Ich musste mich wirklich sehr schlecht benommen haben.

Wir wurden aufgerufen. Eine zierliche Person, fast noch ein gerade erst den Schritt zum Erwachsenwerden tuendes Kind, lächelte mich an und bat mich Platz zu nehmen. Der bullige Wachtmeister setzte sich neben mich. Erst jetzt kam mir der Gedanke, dass ich eigentlich froh sein konnte, dass ich Handschellen trug und nicht mit einer Portion aus der chemischen Keule gedämpft worden war. Doch das hatte einen einfachen Grund. Man wollte mich bei der Befragung ins MRT legen. Da durfte man mein Hirn nicht mit Psychopharmaka vernebeln.

Die kleine Person las etwas vor. Ich denke es war für mich bestimmt, aber ich verstand es nicht. Ich überlegte, ob es ein Mann oder eine Frau war, die da vor mir saß. Irgendwie war das nicht so ganz eindeutig festzustellen. Ist auch egal, dachte ich, konnte aber nicht verhindern, dass in mir weiter ein Prozess lief, der diese Frage klären wollte.

Ich hätte einen Autounfall gehabt, vor einigen Tagen, meinte mein Gegenüber.

„Nein", sagte ich, „keinen Autounfall, einen Unfall mit dem Fahrrad."

„Aber es war doch ein Auto beteiligt“, sagte der Kommissar. – Ich hatte beschlossen mein Gegenüber für männlich und für einen Kommissar zu halten.

„Nein“, insistierte ich, „es war kein Auto beteiligt. Das Auto, das da in der Akte steht, ist an mir vorbeigefahren, später. Da war der Unfall schon eine ganze Zeit her.“

Der Kommissar wischte sich weiter durch die Akte, die da auf dem Tablet vor ihm war.

„Die Meldung ist aber sehr spät erfolgt, und von einem anderen Standort.“

„Ja. Ich hab von zu Hause angerufen. Mein Handy war doch kaputt. Womit hätte ich mich denn melden sollen, als ich da im Graben lag?“

„Das Rad hat sich auch nicht gemeldet. Haben sie das unterdrückt?“

„Nein“, in mir kam wieder Ärger auf. Warum unterstellte der mir das, „es war doch ein altes Fahrrad, ohne diesen Elektroschnickschnack.“

„Das heißt, sie geben zu, mit einem Fahrzeug gefahren zu sein, das nicht das vorgeschriebene Europäische Fahrzeugstatus Informationsmodul hatte.“

„Das ist doch Quatsch. Es war das alte Fahrrad meines Mannes. Wir benutzen es nur für kurze Strecken, zum Bäcker, oder wenn wir mal schnell was aus der Stadt holen.“

„Sie nutzen es also auch als Transportfahrzeug?“

„Fahrzeug?“, ich gab auf. Ja, er hatte Recht, eigentlich hätte man auch dieses Fahrrad nachrüsten müssen. So wie vor einigen Jahre in allen Wohnungen diese kleinen blinkenden Kästchen unter die Decke montiert werden mussten, die man Brandmelder nannte und die in Wirklichkeit nur mit einem höchst unzuverlässigen Sensor Rauch erkannten. Nützlich waren sie vor allem für die Hersteller und die Firmen, die Installation und Wartung verkauften. An den Rädern der Kinder hatten wir auch jeweils so ein blinkendes Modul befestigt. Aber an dem alten Herrenrad? Das war doch Unsinn. Niemand machte das. Außerdem wollte ich auch nicht, dass man immer wusste, wo ich war. Doch das sagte ich meinem kritischen Gegenüber natürlich nicht.

„Sie wollten also ihren Aufenthaltsort verschleiern?“, fragte der Kommissar, als wenn er meine Gedanken gelesen hätte. Seine Stimme war unerbittlich. Irgendwann gab ich auf.

7.

Ich lag im MRT. Das war wohl auch notwendig. Nach meinem Unfall war ich noch nicht beim Arzt gewesen. Ich war, sehr langsam und wie genau kann ich immer noch nicht ganz erinnern, nach Hause gegangen, zu Fuß. Langes Gehen bin ich nicht gewohnt. Ich habe einen Fersensporn, der eigentlich schon längst hätte operiert werden sollen, aber ich habe das immer verschoben, weil ich nicht so viel laufe. Joggen kann ich wegen der Knie ja schon lange nicht mehr. Ich mache meinen Sport eben im Studio, und mit dem Rad. Das ist ganz okay.

Deshalb habe ich mich, als ich endlich zu Hause war, einfach ins Bett gelegt, eine Schmerztablette genommen und alles was da an Brummen und Schwirren in meinem Kopf war, als Folge der Überlastung durch den langen Fußweg, und den Flüssigkeitsmangel gedeutet. Es war heiß an dem Tag des Unfalls und ich hatte keinen Sonnenschutz an, war ja davon ausgegangen nur kurz mit dem Rad zu fahren.

Ich hätte mich doch besser untersuchen lassen sollen, von einem Arzt, direkt nach dem Unfall. Das, was die hier im Polizeipräsidium machten, hatte ja mit einer richtigen Hirnfunktionsanalyse nichts zu tun. Die wollten ja nur wissen ob die Gedankenmuster, die sie

in meinem Hirn sahen, mit meiner Aussage überein-
stimmten. Wobei ich die ja noch gar nicht gemacht hatte. Das war seltsam.

8.

Zunächst zeigte das Display im MRT mir Bilder von Alltagsgegenständen: Eine Tasse und ein Buch, eine Zuckerdose und einen Löffel und all so ein Zeugs. Dann Landschaften, Wiesen, Felder, einen Teich, ein abgeerntetes Weizenfeld, einen Hochspannungsmasten und eine Stadtsilhouette, irgendeine deutsche Kleinstadt mit zwei Kirchtürmen, dem Schornstein eines stillgelegten Kohlekraftwerks und den üblichen Windrädern der Energiewende am Stadtrand.

Ich denke das war zur Kalibrierung. Lokalisation der Repräsentanten von Begrifflichkeit und räumlichem Vorstellungsvermögen. Dann folgten Bilder von Gesichtern. Zwei Frauen, unauffällige Allerweltspersonen, ein Mann, ein Kind. Ich war mir nicht sicher, ob das noch die Kalibrierung war oder schon Teil der Vernehmung. Ich wusste ja nicht einmal, was mir vorgeworfen wurde. Sicherlich ging es nicht um das Fahren mit einem Fahrrad das kein EuFaInfo-Modul hatte.

Das lange Liegen im MRT strengte mich an. Die Maschine war laut und in der Röhre war es eng. Meine Körperwärme staute sich. Ich fühlte Schweißperlen auf meiner Stirn, konnte sie aber nicht abwischen. Ich durfte mich ja nicht bewegen. Meine Hände waren in den Schlaufen. Es war ein sehr altes Gerät. Polizei eben.

Das MRT, das ich von meinem Hausarzt kannte, war klimatisiert.

Jetzt sah ich unterschiedliche Männer, alt und jung, mit Bart und glatt rasierte. Irgendwann sah ich auch meinen Mann. Ich denke, dass das kein Bild auf dem Display war. Wahrscheinlich erzeugte mein Gehirn dieses Bild, als Gegenbild oder Orientierung zu dem Sog der Bilderflut, die da auf dem Display vor meinen Augen auf mich einströmte.

Einen Moment fragte ich mich, ob die mit der Maschine, in der ich hier lag, sehen konnten, was ich dachte? – Es ist ein altes Gerät, beruhigte ich mich. Und, selbst mit einem modernen hochauflösenden MRT-Scanner, konnte man letztendlich doch nur, wenn auch sehr genau, Aktivitätszonen im Gehirn visualisieren. Denen waren bestimmte Funktionen zugeordnet: Sprachzentrum, Emotionen, Musik usw. Ich glaube, an den Gedanken, den einzelnen konkreten Gedächtnisinhalt, kam man auch mit der besten Technik nicht dran.

Das Brummen der mit immer höherer Geschwindigkeit um mich rotierenden Magnete des Tomographen wurde unerträglich. Ich reagierte mit Panik. Sie kroch von den Füßen an mir hoch und verschlang mich in einem großen Strudel. Obwohl ich ja schon lag, hatte ich das Gefühl, umgeworfen zu werden. Es war, als zöge mir jemand die Füße weg und ich stürzte rasend schnell in eine unendliche Tiefe. Klitschnass lag ich, in meinem Schweiß gebadet, so als hätte jemand über mich eimerweise Wasser ausgeschüttet. Ich rang nach Luft.

9.

Nach der in der Arrestzelle verbrachten Nacht und den
Vernehmungen am Vormittag war ich froh, wieder zu
Hause zu sein. Die Polizei-Psychologin hatte mich für
nicht akut gewalttätig eingestuft. Gott sei Dank. So einigermaßen hatte ich meine Emotionen wieder im Griff.
Ich legte mich ins Bett und versuchte zu schlafen. Obwohl ich völlig übermüdet war, ging das nicht gleich. Es
kamen in mir die Bilder aus dem Polizei-MRT hoch. Ich
begann zu schwitzen. Ich stand auf, ging etwas umher
und legte mich dann wieder hin. Ich musste schlafen.
Damit die Matratze nicht nass würde, wenn ich erneut
schwitzen müsste, legte ich einige Handtücher auf das
Bettlaken. Die elektronische Fußfessel verrutschte und
drückte auf den Knöchel. Bei dem Versuch sie etwas
höher zu schieben, brachte ich im Bett die Handtücher
durcheinander. Die doppelt und dreifach liegenden Fal-
ten drückten. Irgendwann schlief ich trotzdem ein.

Um sechs Uhr in der Frühe kam mein Mann vom
Flughafen. Er war vier Tage in Hongkong auf einer
Konferenz gewesen. Als er sich im Flur in die Haus-
elektronik einloggte, poppte auf dem Display an der
Wand neben meinem Bett ein Meldungsfenster auf.
Vom Lichtschein des Displays wachte ich auf. Ich hat-

te vor dem Einschlafen vergessen den Nachtmodus einzuschalten.

Mein Mann aß etwas. Ich hörte ihn in der Küche. Dann kam er leise, darum bemüht mich nicht aufzuwecken, ins Schlafzimmer. Er hatte ja im System gesehen, dass ich schlief. Als ich aufwachte war das Bett neben mir schon wieder leer. In der Küche stand ein Frühstück, mit Rührei und Toast und frisch ausgepresstem Orangensaft und daneben ein Zettel: „Wünsche Dir einen schönen Tag." Das Rührei war, obwohl von einer umgedrehten Schüssel geschützt, kalt und der Orangensaft hatte sich bereits abgesetzt. Ich schaute auf die Uhr. Oh! Es war schon drei. Ich hatte verschlafen. Jetzt musste ich mich aber wirklich beeilen.

10.

„Wir sollten erst einmal herausfinden, was ihnen genau vorgeworfen wird", meinte der Anwalt.

Ich stutzte. Wusste er das nicht? Konnte man das nicht in den Akten sehen? Aus irgendeinem Grund traute ich mich nicht zu fragen.

„Sie haben doch etwas Zeit mitgebracht?", fragte er. Ich sagte nichts. Ich glaube, ich habe nicht einmal wirklich genickt, wenn doch, dann nur andeutungsweise. Der Anwalt war ein merkwürdiger Typ, hatte etwas von einem aufgedunsenen Frosch, nicht nur die Augen, auch die Art wie er sich bewegte. Nun, ich würde ihn ja nicht küssen müssen.

Er schickte mich zu seiner Sekretärin. Die las die Daten aus der elektronischen Fußfessel aus, scannte meinen Personalausweis und stutzte, als sie feststellte, dass die eID-Funktion nicht freigeschaltet war.

„Haben Sie ein Problem mit Technik?", fragte sie.

„Nein", sagte ich, „ich arbeite in einem Rechenzentrum."

„Oh", sagte sie, und mir kam der Gedanke, dass ich ihr nicht sympathisch war.

Das Problem war, dass ich ohne eID-Funktion keinen Zugang zu meinem Bürger-Account hatte und ohne Zugang zum Bürger-Account konnte der Anwalt die in der elektronischen Fußfessel gespeicherte Akte zwar auslesen aber nicht entschlüsseln. Ich verstand das nicht. Angeblich war das ein ähnliches System wie bei der elektronischen Gesundheitskarte. Die Sekretärin meinte, da müsse ich mich ja auch mit der eigenen und der ID des Arztes identifizieren, damit man an die Krankenakte komme.

„Sie haben doch eine elektronische Gesundheitskarte?", fragte sie.

„Ja", sagte ich, „brauchen sie die?"

„Nein, die hilft uns hier nichts", gab sie zurück.

Sie holte ein Tablet, suchte darauf etwas und erklärte mir dann, dass, wenn ich ein Amazon-Citizen-Account hätte, ich das auch an Stelle des europäischen Bürger-Accounts für den Datenaustausch nutzen könnte. Seit TTIP III seien die amerikanischen Bürger-Accounts den europäischen ja gleichgestellt.

„Mit meinem Amazon-Account kann ich eine Strafakte lesen?", fragte ich ungläubig.

„Nein, mit dem Amazon-*Citizen*-Account", sagte die Sekretärin, „das ist etwas anderes. Das müssen sie sich bei Amazon zusätzlich einrichten. Geht aber ganz schnell." Sie lächelte und schob mir das Tablet hin.

Amazon habe gerade eine Aktion, erklärte sie, da könne ich das Account zwei Jahre kostenlos nutzen. Ich müsse nur einwilligen, dass meine Daten, natürlich anonymisiert, an die Redaktion von „Real Crime" weitergegeben werden dürften. Es könne dann sein, dass mal ein Journalist zu mir komme, ein paar Bilder mache und mir ein paar Fragen stelle. Wenn da was veröffentlicht würde, was aber in Europa eher selten der Fall sei, werde das natürlich auch alles vorher anonymisiert, versicherte sie. Sie sprach mit dem Ton, in dem in den Einkaufzentren von Provinzstädten schnell angelernte Studenten Telefonverträge verkaufen.

Die Sekretärin schob das Tablet noch einmal etwas näher zu mir hin. Die Formulare für den Antrag des Amazon-Citizen-Accounts hatte sie bereits aufgerufen.

„Geben sie ganz oben einfach die E-Mail an, mit der sie auch ihre normalen Amazon-Bestellungen machen", sagte sie.

Ich war sprachlos, wusste nicht was ich sagen sollte und starrte ungläubig auf das Tablet. Sie deutete mein Schweigen als ein Nein und machte weiter mit ihrem Programm.

„Wir können ihnen auch beim Portal des deutschen Anwaltvereins ein Account einrichten, wenn sie Bedenken haben, wegen des Datenschutzes oder so", sie lächelte trocken, „das Account des Anwaltvereins kostet dann allerdings 52 Euro Jahresgebühr, bei einer Mindestlaufzeit von zwei Jahren und einer einmaligen Einrichtungsgebühr von 178,50 Euro."

Sie sprach immer noch in dem Provinz-Einkaufszentrums-Ton, flüssig, ohne die kleinste Pause, als wäre in ihr eines dieser älteren Sprachausgabesysteme installiert, die noch keine Satzmelodie formen konnten. Am liebsten hätte ich sie gefragt, welches Betriebssystem auf ihr lief, aber sie war ja ein Mensch.

Ich hatte die eID-Funktion des Personalausweises ganz bewusst nicht freigeschaltet. Ich brauchte das einfach nicht. Das Lesegerät konnte man für nichts anderes als für den Personalausweis verwenden. Für die dienstlichen Accounts und im Home-Office hatten wir ein Multi-Token-System, ja, aber für alles andere im Netz machte ich das immer noch einfach mit Benutzername und Passwort. Okay, nicht ganz sicher, aber die anderen Systeme lassen sich auch alle hacken.

Jetzt hätte mir dieser blöde e-Perso den Kragen gerettet. Zumindest hätte ich nicht wie der Ochs vorm Berg vor dem Tablet mit dem Amazon-Citizen-Account-Antrag gesessen. Ich überlegte, wie ich aus der Falle herauskommen konnte. Mir fiel nichts ein.

Meinem Gegenüber dauerte mein Denkprozess zu lange: „Die meisten Klienten machen das mit dem Amazon-Account", sagte sie und schob mir erneut das Tablet mit dem Amazon-Antrag hin.

Ich wollte das nicht. Kurz entschlossen nahm ich das zweite Tablet, das sie auf den Tisch gelegt hatte, als sie mir die Sache mit dem Account beim Anwaltverein erklärt hatte und wischte mit der etwas klobigen Spitze des Tablet-Stiftes meine Unterschrift, krakelig wie die eines Kindes, auf das Antragsformular. Die Kreditkarte akzeptierten die Anwälte sogar noch ohne die neue Doppel-PIN.

Die Einrichtung des Accounts dauerte eine gute halbe Stunde: Datenschutzerklärung und Nutzungsbedingungen abnicken, bisherige Beschäftigungsverhältnisse, Schule und Universität eingeben. Die wollten einen detaillierten Lebenslauf.

Ich fragte, wozu das alles notwendig war.

„Das System berechnet aufgrund der Angaben eine Glaubwürdigkeitsmatrix", meinte die Sekretärin und fügte dann hinzu, „wenn sie das mit dem Amazon-Account gemacht hätten, dann hätten die einfach aufgrund ihres Kaufverhaltens in den letzten zwei Jahren die Matrix erstellt und sie könnten sich die ganzen Angaben sparen."

Irgendwie hatte ich wieder den Eindruck, dass die Frau mich nicht mochte, aber sie sprach weiter mit mir und das war ja schon mal gut. Der Vorteil beim Anwaltverein-System sei, sagte sie, dass das System aufgrund des errechneten Profils schon Empfehlungen für das weitere Vorgehen gebe. Die Prognosen seien in der Regel ganz gut und berücksichtigten auch die neueste Rechtsprechung. Doch natürlich schaute dann auch noch einmal der Herr Rechtsanwalt darauf.

Tja, der Herr Rechtsanwalt, wenn der das mal alles richtig machte, dachte ich. Mir kam der Gedanke, dass ich damals, bei Abschluss der Rechtsschutzversicherung, doch die bessere Klasse hätte wählen sollen.

Eine halbe Stunde später saß ich wieder vor dem großen Schreibtisch im Zimmer des Anwalts. Da lag ein Stapel ausgedruckter Papierbögen. Das Papier war hellgrün, wie ein verwaschener OP-Kittel. Der Anwalt kam, er machte sich an der kleinen Maschine, die auf dem Beistelltisch neben der Tür stand, einen Kaffee und stellte auch mir eine Tasse hin. Ich nippte daran. Ich trinke eigentlich keinen Kaffee, aber ich wollte nicht unhöflich sein.

Er blätterte die Ausdrucke durch. Als er etwa die Hälfte der Bögen überflogen hatte, hob er kurz die Augenbraue, schaute mich an, so als wolle er prüfen, ob das, was er da las, zu mir passte. Er lehnte sich in seinem Schreibtischstuhl zurück, fixierte mich, blickte wieder in die Bögen und meinte dann, wobei er mich aus seinen mir übergroß erscheinenden Froschaugen mit einem fast mitleidigen aber auch distanziert vorsichtigen Blick anschaute: „Dass man sie bei diesen Vorwürfen noch frei herumlaufen lässt, ist ja erstaunlich."

Ich wollte einwenden, dass ich eine Fußfessel trüge, und dass man das ja wohl nicht frei herumlaufen lassen nennen könne, sagte aber nichts. Ich wusste ja immer noch nicht worum es ging.

Nach einer kleinen Pause fing der Anwalt wieder an zu sprechen. Seine Stimme klang monoton und leise und so als spräche er mehr zu oder für sich selbst als mit mir. Dabei schaute er nur dann in die vor ihm liegende Akte, wenn er einen Satz aus ihr zitierte. Ansonsten ging sein Blick, immer knapp an mir vorbei, auf eine nicht genau zu lokalisierende Stelle irgendwo an der weißen Wand, die da hinter mir war.

„Mord", sagte er.

Ich zuckte zusammen: „Mord?"

„Ja", sagte der Anwalt und musterte mich erneut.

Ich sagte nichts.

„Das wird nicht einfach", fuhr er fort, „eine Frau, die eine Frau umbringt. Da kann man kaum auf das Verständnis eines Richters hoffen. Wenn es wenigstens ein Mann gewesen wäre."

Er schaute auf den nächsten Bogen: „Und dann vielleicht noch zwei andere Fälle aus dem letzten Jahr. Kulmination. Das machen die gerne. Ist ermittlungstechnisch eine feine Sache, einfach warten, bis einem ein Täter zwischen die Finger kommt, und dann schauen, zu welchen Fällen der noch so alles passt."

Er schaute mich wieder an. Ich wich seinem Blick aus. Ich verstand nicht was er da sagte, aber es machte mir Angst.

„Wenn ein Puzzlestein passt", fuhr er fort, wieder über die ausgedruckten Bögen gebeugt, „dann findet man schnell noch ein paar andere. Das muss dann nicht immer stimmen, stimmt aber häufig, oder besser, man kann nicht beweisen, dass es nicht stimmt. Und irgendwann knickt man dann ein. Besonders wenn einem ein Deal angeboten wird. Und in ihrem Fall könnte man ja nur froh sein, wenn es einen Deal gäbe."

„Einen Deal?", fragte ich.

Der Anwalt ignorierte meine Frage. Er trank mit einem schnellen Schluck den restlichen sich noch in seiner Tasse befindlichen Kaffee aus, fixierte mich erneut und fragte: „Haben sie es getan?"

„Was?"

„Den Mord?"

„Wie bitte?"

„Den Mord an der Freundin ihres Mannes?"

„Simone? Ist sie tot?"

„Das ist in der Regel das Ergebnis eines Mordes", der Anwalt lachte.

Ich hätte den Namen nicht nennen dürfen, dachte ich, das war ein Fehler. Mir wurde immer unbehaglicher hier in diesem Zimmer. Gleichzeitig muss ich zugeben, dass die Vorstellung, dass die Freundin meines Mannes tot war, mir nicht grundsätzlich unsympathisch war. Da hier beim Anwalt mein Gehirn an kein MRT oder irgendeinen dieser Scanner angeschlossen war, konnte ich meinen Gedanken ja durchaus freien Lauf lassen.

„Jeden Tag einen Gedankenmord, schafft den Psychiater fort“, ging es mir durch den Kopf. Den Spruch hatte einer unser Trainer in der Ausbildung immer gesagt. Er war Tiefenpsychologe und machte die Schulung für die Informatiker nur nebenbei: Einführung in die Grundlagen der Psychologie, Blockseminar an zwei Wochenenden und eine Telepräsenzeinheit.

11.

Wenn ich erzähle, dass ich im Telefonsupport arbeite, denken die meisten an billige Callcenter und Studentenjobs. Aber das Unternehmen, für das ich arbeite, stellt die Bots her, die in den Callcentern arbeiten. Wir sind weltweit der einzige Hersteller, der Callcenter-Bots im Angebot hat, die eine individuelle Biographie haben. Unsere Bots haben nicht nur die Wissensdatenbank für ihr Fachwissen, sie haben auch eine Erinnerung an Kindheit, Schule und Universität. Das gibt ihnen die semantische Breite, die dazu führt, dass sie menschliche Telefonserviceberater in fast allen Bereichen ersetzen können. Auch wir selbst setzen diese Bots beim Telefonservice für unsere Kunden ein. Die Bot-Service-Bots können fast alle Fragen zu Nutzung und Einsatz der bei uns gekauften oder geleasten Bots beantworten. Unsere Bots laufen auf allen gängigen Plattformen und brauchen nicht einmal eine besonders leistungsstarke Hardware. Nur Speicherplatz muss in ausreichender Menge und Geschwindigkeit zur Verfügung stehen. Jeder Bot ist individuell. Wir führen für die Bots sogar Personalakten.

Meine Aufgabe im Support ist die Überwachung der Bots, die bei uns den Kundenservice machen. Wobei mein Gruppenleiter immer sagt, dass Überwachung nicht das richtige Wort ist. Er nennt es lieber Betreuung.

Man kann sich auch so, außerhalb des Supports, mit den Bots ganz gut unterhalten. Manchmal habe ich sogar das Gefühl, dass da bei den Bots so etwas wie Freundschaft, in jedem Fall aber eine wirklich gute Kollegialität entsteht. Unser Programmiererteam legt sehr viel Wert auf soziale Kompetenz. Und die Bots der jüngsten Generation sind schon ziemlich perfekte Persönlichkeiten.

Seit kurzem haben wir auch einen Manager Coaching Bot im Angebot. Der ist sehr erfolgreich. Der läuft lokal beim Kunden auf dem eigenen System, ohne Verbindung zum Netz. Man kann ihm alles sagen und am Ende des Coaching Prozesses setzt man ihn einfach zurück in den Werkszustand und alle Informationen sind gelöscht. Mehr Top-Secret geht nicht.

Ich sollte mir auch mal so einen Bot nehmen. Aber das konnte ich mir nicht leisten. Außerdem würde der Chef sich fragen, was für ein riesen Problem ich denn da hätte, wenn ich mir einen seiner Edel-Bots lieh. Nein, in der Firma sollte keiner etwas mitbekommen.

12.

16.12.2019: Ich lag im Bett und dachte nach. Ich war wirklich in einer vertrackten Situation. Seit drei Wochen arbeitete ich jetzt von zu Hause aus. Ja, ich hatte dafür einen zertifizierten Heimarbeitsplatz in einem eigenen Raum. Und das war auch alles okay. Doch irgendwann musste ich mich mal wieder in der Firma blicken lassen. Aber wenn ich mit der elektronischen Fußfessel ins Büro käme, würde die Sicherheitselektronik verrücktspielen. Schon im Eingangsbereich an den Scannern würde ich einen Alarm auslösen und im Büro würde das Signal der Fessel als Störsignal detektiert. In den Serverräumen durften wir ja nicht einmal unsere dienstlichen Mobiltelefone nutzen. Seit dem Skandal 2016, mit den von der NSA angezapften NetBotz-Überwachungskameras, war jedes nicht unbedingt notwendige Stück Elektronik aus den sensiblen Bereichen verbannt. Die waren da jetzt alle ziemlich nervös. Sollte ich den Kollegen vom Sicherheitsdienst einfach anlächeln und sagen: „Hey, hör mal zu, ich habe die Freundin meines Mannes umgebracht und deshalb trage ich jetzt eine elektronische Fußfessel, registriere die mal bitte als zugelassenes Gerät und erlaube der gleich auch noch, dass die alle fünf Minuten an einen externen Server ein paar verschlüsselte Datenpakete schickt." Das Gesicht des Kollegen möchte ich sehen.

Außerdem war in zwei Tagen der Termin für die Bekanntgabe des Urteils im elektronischen Vorverfahren. Mein Anwalt meinte, dass davon auszugehen sei, dass ich für schuldig befunden würde. Das wäre bei diesen Verfahren meistens so. Das sei aber nur formal und habe nichts zu sagen. Die Algorithmen seien einfach so eingestellt, dass im Zweifel immer auf schuldig erkannt werde. Da stehe der Gedanke des Gesetzgebers hinter, dass ein Angeklagter, der nicht schuldig sei, dem Urteil ja widersprechen könne. Dann komme es zu einem ganz normalen Verfahren. Auf der anderen Seite reduziere das elektronische Vorverfahren die Zahl der Prozesse mit echten Richtern erheblich. Außerdem wisse man als Angeklagter durch das Vorverfahren auch, welche Teile der Anklage vom Gericht als strafwürdig berücksichtig worden sind. Je nach Strafmaß müsse man sich dann sehr genau überlegen, ob man das Urteil anerkennen wolle oder Widerspruch einlege. Wenn das Strafmaß einigermaßen okay sei, mache es oft Sinn auch etwas anzuerkennen, was man gar nicht getan habe. Fälle würden gerne kulminiert. Polizei und Staatsanwaltschaft hätten dann einen Erfolg mehr und man selbst vielleicht einen Deal, der das Strafmaß mitunter erheblich reduziere. Da wären die Behörden dann großzügig. Widerspruchsverfahren hingegen dauerten mehrere Jahre.

Was mir vorgeworfen wurde, verstand ich immer noch nicht richtig. Ich sollte Simone, die Freundin meines Mannes, umgebracht haben. Simone war seit dem

Tag meines Unfalls verschwunden. Ihr Handy lag bei uns an der Garderobe auf der kleinen Ablage. Sie hatte es vergessen. Wie genau ich sie ermordet haben sollte, hatte man mir, wie es hieß aus ermittlungstaktischen Gründen, bisher nicht gesagt. Ein paar Details, die mein Anwalt aus der Akte vorgelesen hatte, waren aber mehr als abstrus. Die Leiche, zum Beispiel, hätte ich bei uns zu Hause in der Badewanne mit Salzsäure aufgelöst. Bei den beiden anderen Morden, aus dem letzten Jahr, waren die Leichen auch mit Salzsäure aufgelöst worden. So hatte man die mir zugeordnet.

Jetzt waren die schön verpackten tausend Liter Salzsäure auf unserer Terrasse plötzlich ein Problem. Ich konnte in meinem PC die Dateien nicht mehr finden, die belegten, dass die Bestellung nicht von mir, sondern vom Algorithmus der Amazon Consume Prognostics ausgelöst worden war. Und auch das hätte mich noch nicht entlastet, denn eine Amazon Consume Prognostics Bestellung sagte ja, dass es schon einmal eine ähnliche Bestellung gegeben hatte, oder dass ein Bedarf entstanden war, der die Bestellung verursacht hatte.

Trotzdem verstand ich die Argumentation der Anklagebehörde nicht. Wenn ich die Leiche mit Salzsäure aufgelöst hätte, dann müsste die Säure ja verbraucht sein. Ich wusste nicht wieviel Salzsäure man für eine Leiche brauchte, aber die Flaschen auf unserer Terrasse waren alle noch voll. Doch so kleine Widersprüche interessierten niemanden. Selbst mein Anwalt meinte, dass das nichts zu meiner Entlastung beitragen würde. Da käme keiner für raus, um das zu überprüfen. Wenn jemand Salzsäure bestellte, und dann gleich so viel, dann gehe man einfach davon aus, dass sie auch gebraucht worden sei, meinte er.

Das Dumme war, dass ich mich immer nur an den Unfall erinnern konnte, wie ich da im Graben lag. Was vorher passiert war, an dem Tag, daran konnte ich mich nicht erinnern. Simone war in der Woche, in der ich den Unfall hatte, auch nicht mit dem Zug, sondern immer mit dem eigenen Auto da. Daran erinnere ich mich ganz gut. Sie hatte sich einen neuen Wagen gekauft. Mein Mann war von dem per Sprachbefehl steuerbaren Autopiloten begeistert und von dem übergroßen Display. Ich verstand das nicht. Ich fand Simones Wagen langweilig, schon allein wegen der pseudo futuristischen Karosserie und der aschgrauen Lackierung.

Ja, als ich Simone, nach ihrem ersten Besuch bei uns, zum Bahnhof gebracht hatte, hatte ich für einen Augenblick gedacht, was wohl wäre, wenn die zugbegeisterte Simone von einem hübschen ICE überfahren würde. Und bei unserem Spaziergang – mein Mann, Simone und ich – sind wir an Hochspannungsmasten vorbeigekommen. Deshalb sind auch diese Bilder in meinem Kopf. Das bestreite ich ja gar nicht. Aber wie bitte soll ich es geschafft haben, Simone mit dem Strom zu töten? Die spannungführenden Leitungen hängen fünfzig Meter hoch in der Luft. So groß bin ich nicht.

Ich gebe gerne zu, dass ich mir hätte vorstellen können, Simone umzubringen. Ich fand es einfach fürchterlich, wie sie in unserem Wohnzimmer mit meinem Mann auf dem Sofa saß, über Witze lachte, die nicht lustig waren und wie er ihre langweiligen Geschichten spannend fand. Außerdem wusste ich gar nicht, dass er sich so für klassische Musik interessierte. Sie sprachen die ganze Zeit über Beethoven und Mozart und ein paar andere Komponisten, deren Namen ich noch nie gehört hatte.

Aber der Gedanke ist noch nicht die Tat. Das war doch ein Unterschied. Die Konstruktion der Anklage stimmte vorne und hinten nicht. Auch wenn ich mich nicht an alles erinnern konnte, die Liste mit den offensichtlichen Widersprüchen war mir viel zu lang. Aber das interessierte niemanden. Ein Algorithmus fand, dass ich schuldig war und damit war ich es.

13.

19.12.2019: Datenbanken. Ein Gedanke ging mir nicht mehr aus dem Kopf. Meine Probleme hatten eigentlich alle ihre Ursache in irgendwelchen Datenbankeinträgen. Das Urteil, das mich seit gestern, wie mein Anwalt sagte, zunächst einmal nur formal, zu einer Mörderin machte – und das gleich zu einer dreifachen –, war ein Eintrag in einer Datenbank, in diesem Fall in der Datenbank des Justizministeriums des für mich zuständigen Bundeslandes, also Hessen. Das Innenministerium dieses Landes führte über mich eine Bürgerakte. Da stand das Urteil jetzt auch drin. Wenn ich das richtig im Kopf hatte, waren die Datenbanken des Bundes und der Länder alle zu einem Meta-Cluster vernetzt. Zumindest hatten das die beiden großen de-Maizière-Reformen der letzten Jahre versprochen. Das mochte noch nicht perfekt laufen, aber zur Not brauchte man eben zwei oder drei Accounts um an alle Daten zu kommen.

Die Einträge in diesen Datenbanken waren die Grundlage für die Schriftsätze, die zwischen den Instanzen des elektronischen Vorverfahrens hin und her gingen. Das lief alles vollautomatisch ab. Der letzte Mensch, der die Datensätze in der Hand gehabt hatte, war der kleine Kommissar im Polizeipräsidium, der, bei dem ich mir nicht sicher gewesen war, ob er Mann oder Frau war. Wahrscheinlich war er beides.

Die Daten aus der MRT-unterstützten Befragung wurden vollautomatisch ausgewertet. Angeblich hatte das Neuronale Netzwerk, das die Auswertung machte, über eine Million Knoten. Die schickten das Ergebnis, ohne dass sich das noch einmal ein Mensch anschaute, direkt in den Zentralrechner, auf dem die Software für das Verfahren lief. Der Zentralrechner schrieb das Ergebnis des Verfahrens in die Datenbank, aus der dann der Rechner des zuständigen Gerichts das Urteil ausfertigte und dem Anwalt zustellte.

Das ganze Verfahren bestand aus einer Reihe von aufeinander folgenden Schreib- und Lesevorgängen in Datenbankfeldern. Eigentlich war unser ganzes öffentliches Leben so organisiert, eine unendliche Folge von Schreib- und Lesevorgängen oder genauer: wir sahen unser Leben nur noch durch diese Schreib- und Lesevorgänge.

Ich war Expertin für Datenbanken, vor allem für deren Pflege. Das war meine tägliche Arbeit. Datenbanken mussten gepflegt werden und für die Pflege gab es Accounts. Schade, dass ich kein Account hatte, für die Datenbank des Innen- oder des Justizministeriums oder für die der Polizei und Staatsanwaltschaft. Oder am besten gleich für de Maizière's Metadatenbank.

Eigentlich war ein Account, auch das eines Super-Admins, nur ein Benutzername und ein Passwort. Ja es gab biometrische Zugangskontrollen, Finger-, Hand und Iris-Scanner, und noch alle möglichen anderen Systeme mit Token und Dongel, mit von synchron laufenden

Uhren erzeugten Zufallszahlen und noch viele andere Systeme. Aber letztendlich ging dann doch immer eine Zahlenfolgen von einem Rechner zum anderen, auch wenn sie sehr lang sein konnte und kompliziert aufgebaut war.

Ich war verurteilt. Wenn ich dem Urteil nicht innerhalb von vier Wochen widersprach, war ich eine Mörderin. Die Zeit lief. Der Anwalt meinte, ich solle mir gut überlegen ob ich wirklich Widerspruch einlegen wollte, viel besser würde es nicht werden, selbst wenn man sehr milde Richter bekäme. Was da alles als Anklagepunkte stünde, das müsse man erst einmal entkräften. In jedem Fall solle ich mir schon mal Gedanken machen, wie ich mich positiv engagieren wolle, in Zukunft, gesellschaftlich. Etwas Reputations- und Imagepflege könne mir nicht schaden. Da könne ich auch schon im Gefängnis mit anfangen, meint er. Das würde dann auch positiv in meiner Akte vermerkt. Dann könne man auch mit einer vorzeitigen Entlassung rechnen. Das ginge manchmal sehr schnell, wenn die Sozialprognose in der Akte positiv wäre. Der Anwalt lächelte. Und ich dachte: Sozialprognose, auch das ist ein Datenbankeintrag.

Reputations- und Imagepflege im Gefängnis, das war eine schöne Empfehlung meines froschäugigen Anwalts. Nein, mir kam da eine ganz andere Idee. Wenn schon Pflege, dann in dem Bereich, in dem ich mich auskannte. Und bis ich im Gefängnis war, sollte ich nicht warten. Ich sollte gleich anfangen mit der gesellschaftlich wertvollen Tätigkeit, wie der Anwalt das genannt hatte.

Zu Hause richtete ich mir zunächst bei ACSP, dem Amazon Citizen Science Programm, ein Account ein.

Forschung war immer gut. Sicherheitshalber buchte ich auch gleich ein elastisches Servercluster dazu. Wenn, dann richtig. Für mein Projekt würde ich ordentlich Rechenleistung brauchen. Zunächst aber brauchte ich einen Projekttitel. Irgendetwas was kompliziert klang, aber mich nicht all zu sehr festlegte. Ich überlegte: „Schlüsselworte jugendlichen Kommunikationsverhaltens als Brücke zu Gewaltprävention und gesellschaftlicher Integration von Minoritäten." Das hörte sich doch schon ganz gut an. War auch gut. Vor allem das mit den Schlüsselworten.

Vom Server der DFG lud ich mir einen öffentlich zugänglichen Datensatz herunter: „Verteilung von Kommunikation Jugendlicher auf verschiedene Endgeräte." 60 GB. Mit einem Skript generierte ich Übersichten nach Nutzungsdauer, Nutzungszeiträumen und Regionen. Ich erstellte daraus einen Katalog von Nutzungsmustern. Besonders interessierte mich die Region um Frankfurt. Hier gab es eine interessante Korrelation von Einkommen der Eltern und Nutzungsmustern ihrer Kinder. Nutzten Kinder von Bankern ihre Smartphones anders als Arbeiterkinder oder die Kinder von Top-Managern? Eine interessante Frage. Wie lange telefonierten die im Durchschnitt und welche Worte werden am häufigsten verwendet? Dazu brauchte ich die Inhalte der Gespräche. Es gab einen anonymisierten Datensatz, wieder bei der DFG, 6000 Handygespräche mit einer durchschnittlichen Dauer von drei Minuten. Die waren bereits maschinell transkribiert und zusätzlich gab es noch die indizierten Audiodateien. Aber die Daten waren schon zwei Jahre alt. Das half mir nicht weiter. Universitäten hatten Zugang zu aktuelleren Datensätzen. Es gab da eine Kooperation mit den beiden großen Telefongesellschaften. Dummerweise war ich keine Universität. Aber ich konnte eine gründen, oder ein kleines privates Forschungsinstitut, das würde schon ausreichen.

Nach zehn Minuten Recherche war ich auf der Seite der „Horst Seehofer Stiftung für Flüchtlinge, Migration und Heimatschutz" fündig. Die hatten ein Programm, das junge Forscherinnen und Forscher bei der Gründung von wissenschaftlichen Instituten unterstützte. Musste nur irgendwie etwas mit Sozial- oder Gesellschaftswissenschaften zu tun haben. Bavarian Social Science Entrepreneur Programme, nannte sich das. Die Zuschüsse brauchte ich nicht. Ich brauchte nur die International Academical Institution Identification Number. Die konnte ich mir, aus dem mit der Eingangsbestätigung meines Antrags vergebenen Aktenzeichen, selbst errechnen. Der Hinweis stand in der Fußnote der E-Mail. Danke. Alleine wäre ich nicht darauf gekommen. Mit der selbst generierten Nummer richtete ich mir beim Telekom Science Data Service ein Account ein und nach 10 Minuten hatte ich Zugang zu allen Daten, die ich brauchte.

Die Anonymisierung der Daten war äußerst lasch. Für den kleinen Rechnerpark, den ich mir in Amerika gemietet hatte, war es kein Problem, das zurückzurechnen. Sollte doch der Stromverbrauch in Nordamerika für ein paar Stunden exponentiell ansteigen. Ich glaube kaum, dass das jemandem auffallen würde. Durfte ich nur nicht jede Nacht machen. Aber egal. Nach vier

Stunden hatte ich, was ich brauchte. Die Gesprächsdaten waren aus der letzten Woche. Das war aktuell genug.

Ich hatte mir ein Paar Schlüsselworte herausgesucht. Der Datensatz, der meinem Muster am ähnlichsten war, hieß Merle. Sie war 16 und wie ihr stolzer Vati sagte, ein ganz süßer Schatz. Ich schaute mir ihr Facebook-Account an. Der süße Schatz hatte letzte Woche ein i-Phone24 geschenkt bekommen. Prima. Außerdem hatte der liebe Vati ihr, das sah ich an den Exif-Daten der geposteten Bilder, vor nicht allzu langer Zeit eine aktuelle 256 Megapixel Hasselblad geschenkt. Der Ultra-Hochgeschwindigkeitsanschluss der Familie musste seitdem so einiges leisten. Die Kleine lud die unkomprimierten RAW-Daten der Kamera so auf ihre Dropbox. Das waren einige Terabyte pro Tag. Dass da keiner draufschaute, wunderte mich. Der Vater war doch vom Fach. Aber egal. Nicht meine Sache, wie Eltern ihren Kindern den Umgang mit Kommunikationstechnik und Netzwerken beibringen.

Bei dem neuen i-Phone war die Emotion-Share-Funktion aktiviert und natürlich war Vati auch registriert. Da hatte ich alles, was ich brauchte. Fingerabdruck, Irisscan und noch einen ganzen Datensatz biomedizinischer Werte. Aber die interessierten mich gar nicht mehr, auch nicht die Daten von Vatis bartstoppelumrandetem Kussmund, den sich die Kleine auf die Backe drücken lassen konnte, wenn sie die mit vier Millionen winzigen Piezoelementen bedeckte Rückseite des Geräts auf ihre Wange hielt.

Ich blätterte in den Bildern, die Merle gemacht hatte. Sie war mächtig stolz auf ihren Vati. Auch ich fand es klasse, dass Vati beim weltweit größten Anbieter für dynamische Hochsicherheitsdatenbanksysteme arbeitete. Natürlich hatte sie ihn auch bei der Arbeit fotografiert. Wie ich, saß auch er oft abends noch in seinem Homeoffice. Das war ganz gut ausgestattet. Einen schönen Monitor hatte er da auf seinem Tisch stehen. Ich lud mir das Bild in voller Auflösung runter. Unten am Bildschirmrand klebte ein Post-it. Danach hatte ich gesucht. Auf dem kleinen gelben Zettel standen ein Benutzername und ein Passwort. Bingo!

Der Leser für die Eingabe des Fingerabdrucks war dasselbe Modell, das auch bei mir auf dem Tisch stand. Das war nicht einmal besonderes Glück. Es gab ja nur zwei Hersteller für Geräte dieser Sicherheitsklasse. Ich lud mir von unserem Firmenserver die Dokumentation des Lesers herunter, besorgte mir aus dem Netz den Schaltplan der Platine und ließ mein Servercluster in Amerika noch einmal schwitzen.

Ohne vor Ort sein zu können war es nicht ganz trivial, das Gerät zu knacken. Aber in dem großen Traffic, den die süße Tochter mit ihren Bildern auf der mächtigen Leitung erzeugte, die Vati da in seinem hübschen Büro hatte, konnte ich meine paar Megabyte ganz gut tunneln.

Ich holte mir aus dem Keller den Monitor vom alten PC meiner Tochter. Die nutzte nur noch ihr Smartphone. Ich packte den Monitor an den freien Ausgang der Grafikkarte. Jetzt hatte ich genug Platz für alle Terminalfenster. War doch schon eine komplizierte Konstruktion, die ich da zusammengeklickt hatte. In zwei zusätzlichen Fenstern liefen die Facebook Accounts von Vater und Tochter. Darunter ihre WhatsApp Kommunikation.

Ich musste zwei Tage warten, dann kündigte ein Posting einen Familienausflug zum Hessen-Park an. Einen ganzen Tag Achterbahn mit VR, Real Live Acting, und so weiter. Seit unsere beiden Kinder im Studium waren, brauchten wir das nicht mehr. Nun, der Kollege hatte noch zwei oder drei Jahre das Vergnügen. Und ich hatte sturmfreie Bude. Die brauchte ich auch, denn wenn er bei dem, was ich da vor hatte, auf seinen hübschen Monitor geschaut hätte, dann hätte ich ein Problem gehabt.

Über den Home-Service-Kanal der Dropbox, eine schöne neue Funktion, gelangte ich auf den Rechner von Merles Vati. In einem 256 Megapixel Bild kann man so einige Steuerbefehle verstecken. Wenn er den Rechner abgeschaltet hätte, wäre alles umsonst gewesen, aber von Energiesparen hielt der liebe Kollege offensichtlich nichts. Die Ökozertifizierung galt wohl nur für das Rechenzentrum seines Arbeitgebers, nicht für sein Home-Office. Ich musste die Maschine einfach aus dem sanften Standby-Schlaf holen. Es war sogar noch ein Terminal zu einem Kunden geöffnet. Interessierte mich aber nicht. Banken waren langweilig. Da war nichts zu holen.

14.

23.12.2019, 12:17: Ich war drin. Die Benutzeroberfläche sah aus wie die von einer Sekretärin laienhaft zusammengeklickten Masken einer Microsoft Access Datenbank von 1995. In der Mitte des grau unterlegten Hauptfensters stand, als pixeliges GIF, das Hessische Landeswappen. Wahrscheinlich hatte man die Grafik wirklich aus so einer alten Datenbank übernommen. Ich war versucht F11 zu drücken, um in den Navigationsbereich der Anwendung zu kommen.

Unter der Haube war alles aktuell. Nach meiner Erfahrung mit der Technik im Polizeipräsidium hätte ich das gar nicht vermutet. Da lief dieselbe MySQL-Version, die wir auch bei uns nutzten. Klasse. Ich brauchte nur etwas, um die Struktur zu verstehen. Die Denke von Juristen war mir gar nicht so fremd, stellte ich fest. Man durfte sich bloß nicht an dem nach 18tem Jahrhundert riechenden BGB-Deutsch stören.

Es dauerte ein paar Minuten, bis ich den Datensatz fand, der mich interessierte. Nur in zwei Feldern musste ich Einträge ändern. Den Rest erledigte ein kleines Skript.

Um kurz nach vier hörte ich vor dem Schlafzimmerfenster das Summen einer Drohne. Noch bevor die auf der Terrasse die Landemarkierung anflog, öffnete sich,

mit einem leisen Klack, an meinem Bein die Fußfessel
und fiel auf den Teppichboden. In meinem Postein-
gang war eine Mail meines Anwalts: Freispruch. Das
war's! Geschafft. Ich atmete auf. Ein paar Minuten später summte die Drohne bereits mit der ordnungsgemäß
verpackten Fessel zurück in Richtung Polizeipräsidium.

Epilog 1

Manchmal habe ich den Eindruck, selbst eine Datenbank zu sein. Irgendwo wird ein Komma mit einem Semikolon vertauscht. Bei ein paar Datensätzen entsteht eine Inkonsistenz. Eine Fehlermeldung poppt auf. Ein Auto-Repaire-Assistent ordnet Datensätze neu an, korrigiert ein paar Unstimmigkeiten und schon bin ich in einem ganz anderen Leben, bin eine Mörderin oder eine Heldin, die beste Ehefrau von Allen oder eine einzelgängerische Amazone. Die Puzzlesteine werden einfach anders angeordnet und wenn ich zufällig an eine Stelle komme, wo es doch nicht ganz passt, merke ich, dass da ein Bruch ist und ich frage mich, wer ich wirklich bin und was das Leben ist.

Epilog 2

Ich klicke die Fehlermeldung weg. Diesmal habe ich sie gelesen. Nein, ich will nicht, dass Quick-Repair die gefundene Inkonsistenz beseitigt und die Datensätze neu schreibt. Nicht alles was für eine Maschine plausibel ist, ist auch wirklich. Manchmal muss es auch Widersprüche geben.

Epilog 3

„Was machst du denn da noch?“, fragt mein Mann.

„Ich muss eben noch die Geschichte zu Ende schreiben“, sage ich und schaue wieder auf das Display meines Laptops.

„Du hast den Schluss doch schon heute Vormittag geschrieben“, meint mein Mann.

„Ja, ja“, sage ich und versuche den Gedanken, den ich gerade noch so klar gehabt hatte, wiederzufinden. Was hatte Simone bei den Klassik-Gesprächen mit meinem Mann noch über die Schlussakkorde in den Beethoven Sinfonien gesagt? Da kam immer noch einer, obwohl schon zwei da waren? Irgendwie so etwas. Ja, diese Geschichte war wie eine Beethoven Symphonie, es gab immer noch einen neuen Schluss. – Beethoven? War das das Stichwort? Wirklich Beethoven? Oder dachte ich nur an Beethoven, weil wir gleich in ein Konzert gingen, in dem Beethoven gespielt wurde? – Nein, ich hatte endgültig den Faden verloren. Aber das war jetzt auch egal. Mein Mann stand fertig angezogen im Hotelzimmer und wir sollten wirklich nicht zu spät kommen. Ich klappte den Laptop zu. Wenn man extra nach London fliegt, nur für ein Konzert, dann sollte man das nicht verpassen. Lediglich im Foyer der Royal Albert Hall die Übertragung für die Zuspätkommenden zu hören, war ja nicht Sinn der Sache. Ich wollte schon richtig rein. Schließlich wollte ich sehen, wie Simone zum ersten Mal das Royal Philharmonic Orchestra dirigierte. Sie hatte sich in den letzten zwei Monaten ganz konsequent aus allem ausgeklinkt, nur um sich auf dieses Konzert vorzubereiten. Nicht einmal ihr Management hatte gewusst, wo sie war.

Es war gut, dass Simone lebte und es war schön, dass sie es von nun an in London tun würde, fand ich.

Klassische Musik ist gar nicht so uninteressant. Und ich glaube, Simone ist eine ganz gute Dirigentin. Wir haben uns nach dem Konzert trotzdem schnell verabschiedet, mein Mann und ich. Es waren da so viele Leute, die unbedingt alle Simone die Hände schütteln mussten. Da wollten wir nicht länger stören. Die Nacht war mild und wir sind, vorbei am Albert Memorial, noch etwas durch den Park gebummelt. London kann sehr romantisch sein.

Brian T. Ballmoor

Anonym 0A-10

Kurzroman

aus dem Amerikanischen
von Marcellus M. Menke

Erstveröffentlichung 2014

Edition FuturZWEI
Köln – Paris – Oberhausen

Zugriff 27-14

„Wir haben gestern wieder zwei Anonyme aufgegriffen."

„Gleich zwei?"

„Ja."

„Das gibt's doch nicht."

„Doch."

„Das kann doch nicht sein, ihr habt doch in der letzten Woche schon zwei gehabt."

„Ja, eben."

„Das können doch unmöglich wirklich richtige Anonyme gewesen sein. Ihr habt wahrscheinlich nur die Datensätze nicht gefunden."

„Das haben wir auch zuerst gedacht. Aber es gab keine Datensätze."

„Quatsch. Es gibt immer Datensätze. Viellcicht war dcr Chip defekt."

„Sie hatten keinen Chip, nirgends."

„Verweigerer?"

„Vielleicht."

„Dann habt ihr doch das Gen-Muster überprüft."

„Ja, die Anfrage läuft noch."

„OK. Das kann manchmal etwas dauern."

„Ja, haben die auch gesagt."

„Zur Not sampelt ihr einfach noch einmal die Blutproben und nehmt eine Gewebeprobe aus dem

Nasenbein. Dafür habt ihr doch Zugriff auf das Zentralregister."

„Haben wir beantragt."

„Na also."

Mobil 23-05

Paul schaute auf die Kunststoffblumen. Dann legte er seinen Notizblock beiseite. Das Kondensator-Array war leer. Er konnte nicht mehr weiterschreiben. Vorsichtig drehte er sich um.

Die Plätze in der Sitzgruppe hinter ihm waren leer. Die beiden Männer, die er belauscht hatte, waren offensichtlich ausgestiegen. Er war jetzt allein in der Kabine. Aus seiner Jackentasche holte er ein USB-Kabel. Damit verband er Notizblock und ein kleines mit Klebeband umwickeltes Kästchen, das er ebenfalls aus seiner Tasche geholt hatte. Aus dem Kästchen kamen zwei Kabel, deren Enden in zwei blanke Stifte mündeten. Es musste doch in diesem Waggon irgendeine als Ladestrom zu nutzende Spannungsquelle geben.

Er führte die Stifte durch die Schlitze des feinmaschigen Lüftungsgitters. Der Kunststoff gab schon bei geringem Druck nach. Der Ventilator dahinter war nicht gesichert. 110 Volt 3,2 Ampere. Das war mehr als genug.

Beim Laden sah er, dass auf dem Strom ein Signal aufmoduliert war. Er stutzte. Die Waggons der S-Rapid galten als schlecht gegen das Transportmagnetfeld geschirmt. Eigentlich müssten durch die Turbulenzen des Magnetfelds alle anderen Signale überlagert werden.

Er suchte in den Tiefen seiner Jackentaschen. Da musste noch eine Kollektorwanze sein. Wenn er sich nicht irrte, hatte er auf seiner heutigen Tour erst vier ausgelegt. Doch, da war noch eine. Er drückte das Lüftungsgitter leicht nach oben und klemmte die Wanze von hinten an das Gitter. Über seinen Notizblock konfigurierte er sie. Als ID trug er #23-05, als Übergabepunkt die nächste Haltestelle ein. Es war das Ende seiner heutigen Tour. Hier hatte er in der angemieteten Velo-Box einen Sammler, der von #23-05 bei jedem Passieren die bei der Fahrt gesammelten Daten abfragen würde. Die meisten der von ihm ausgelegten Wanzen liefen über diesen Sammler.

Diese Strecke war seine S-Rapid. Hier fuhren wirklich interessante Leute, sogar M4-Regierungsvertreter. Mit den meisten der aufgezeichneten Gesprächsfetzen konnte man zwar so direkt nichts anfangen, aber er fand es einfach spannend. Ja, und jetzt gab es da noch ein moduliertes Signal auf der Stromversorgung für die Kabinenlüfter. Wenn er genug Daten haben würde, wollte er sich an die Dekodierung machen. Wer weiß, was mit dem Signal transportiert wurde.

Das Leben war schön, die Luft etwas feucht und mit sehr viel Frühling durchsetzt. Er fühlte sich wieder ein bisschen wie ein Jugendlicher. Zwar trug er nicht die neon-leuchtenden, bauchfreien Knickerbockers mit transparenten Nierenpads und hatte auch kein blinkendes Bauchnabelpircing. Aber er tänzelte im angeslicten Salsa-Schritt die Gleittreppen von der S-Rapid Station herunter zum Gehweg. Sein Haus war nur 5 Minuten Fußweg entfernt.

Er war eben doch schon etwas älter. Ein Jugendlicher hätte ein Softboard genommen. Die wussten gar nicht mehr wie das geht: Laufen mit den eigenen Füßen. Er schmunzelte. Zum ersten Mal seit dem Tod seiner Frau fühlte er so etwas wie Glück. Ihr Tod war schon mehr als drei Jahre her, aber er hatte sich immer noch nicht an die leere Wohnung gewöhnt. Manchmal dachte er, dass er nur deshalb weitergelebt hatte, weil er eine X3-Rente bezog und sich die medizinische Basis- Grundversorgung mit Erweiterung leisten konnte. Ab und zu nahm er etwas von seinem Ersparten und ließ das ein oder andere Körperteil auf den aktuellen Leistungsstand bringen. Er funktionierte noch gut, obwohl er nach der Hundtschen-Formel schon seit fünf Jahren in der Optionalen-Phase war. Das hieß: Man konnte noch, wenn man denn konnte. Wobei sich das Können vor allem auf die Verfügbarkeit der entsprechenden Menge Kleingeld bezog. Er kannte nur wenige, die das machten. Aber es war schließlich nicht verboten und warum sollte sein Vermögen an den Staat fallen. Erben hatte er ja nicht. Sonst wäre das vielleicht anders gewesen.

Kabel 15-87

Die Rechenleistung der Wohnzimmereinheit reichte nicht aus, um die Dechiffrierarbeiten in einer vernünftigen Zeit zu erledigen. Die Dekodierung der in den letzten drei Wochen gesammelten Daten war einfach eine zu umfangreiche Aufgabe.

Er ging in sein „Museum"; so nannte er seinen Abstellkeller, in dem er die Geschichte seiner Computergenerationen eingelagert hatte. Er konnte schlecht etwas wegwerfen.

Drei oder vier Maschinen mussten eigentlich noch in einer brauchbaren Leistungsklasse sein. Er fand schnell was er suchte. Die Rechenleistung war in Ordnung. Das Problem war der hohe Stromverbrauch. Er würde einen Antrag auf ein erweitertes Stromkontingent stellen müssen. War da nur noch die Frage der Begründung. Ihm würde schon etwas Unverdächtiges einfallen. Vielleicht bestellte er sich einfach bei P-BayXL ein Warmwasseraquarium. Er müsste sowieso einkaufen.

Der Verkäufer im Elektronikladen schaute ihn verwundert an, als er nach einem Netzwerkkabel fragte. „Wir haben so etwas schon seit Jahren nicht mehr verkauft. Und Sie brauchen wirklich drei?" Der Verkäufer schüttelte kaum merklich den Kopf.

Für eines der Kabel brauchte er noch einen Umstecker. „Ich kann ihnen aber nicht garantieren, dass die Transferleistung dann nicht doch einmal einbricht."

„Das klappt schon, ich habe Kontaktspray", Paul grinste und ging zur Kasse. Dieser Teil des Sortiments wurde noch per Hand abgerechnet. Die Auto-Scan-Etiketten lohnten sich hier nicht. Er fragte nach Barzahlung. Der Kassierer schaute ihn irritiert an. „War nur ein Witz", meinte Paul schnell, aber fast schon zu spät. Der Mann hatte die Hand bereits über dem Alarmknopf. Beinahe hätte er den Sicherheitsdienst gerufen.

Markt 58-84

„Ich bin nur der Zwischenhändler.“

„Können sie direkt abschließen?“

„Ja, klar.“

„Verkaufen sie?“

„Zu dem Preis nicht, nicht heute.“

„Wenn ich zwanzig drauflege?“

„Zwanzig klingt gut, reicht aber nicht.“

„Zwanzig dazu ist eine ganze Menge.“

„Ich habe auch meine Kosten. Legen sie fünfundzwanzig drauf und wir sind im Geschäft.“

„Fünfundzwanzig, nein, das ist zuviel.“

„Sorry, dann kann ich nichts machen.“

„Wirklich nicht, definitiv?“

„Ja, definitiv.“

„Ich brauche aber neue Ware, hab’ da ein paar Kunden, die schon länger warten. Denen läuft die Zeit davon.“

„Ich hab’ auch noch etwas in einem niederpreisigen Segment.“

„Nein, das hilft mir nicht. Ich brauche Level-A Lizenzen.“

„Das hat seinen Preis. Schauen sie sich ruhig bei den Kollegen um. Die sind auch nicht billiger.“

„Können sie die Registration innerhalb von zwei Stunden garantieren?“

„Natürlich. Alles original Lizenzen, alle standardkonform. Wenn Ihre Kunden unzufrieden sind, kümmert sich der Lieferant direkt um die Anpassung, das ist inklusive. Ich habe nur saubere Lieferanten, absolut sauber.“

„Okay, ich leg die fünfundzwanzig drauf.“

„Okay. Haben sie Karten dabei?“

„Die sind ja wohl dabei, für den Preis!“

„Klar, ich dachte nur, wenn sie schon die Kunden haben. Hätte ja sein können.“

„Nein, machen sie das komplett. Sie sagten doch standardkonform, alles ganz offiziell.“

DVB-? 87-89

Das war bereits das sechste Dechiffrierprogramm das hängen blieb. Er hatte jetzt knapp vierzigtausend Codecs durchprobiert. Eigentlich konnte es kein bekanntes Datenformat sein. Wahrscheinlich eine Eigenentwicklung von irgendeinem Spinner. Das Material ließ sich nach den gängigen Verfahren zu nichts Bekanntem zusammensetzen. Kein Bild, kein Text, keine Formeln, nicht einmal eine bedeutungslose Zahlenreihe.

Er rief einen Freund an, der seit seiner Pensionierung ehrenamtlich einige Stunden täglich als Archäologe im E-Museum arbeitete. Der meinte, es gäbe da ein historisches Wörterbuch: „Plötzinger Taschenbuch der Dateiformate vergangener Zeiten". Er schickte es ihm. Es war nur 40 Terabyte groß.

Klar, das hatte er noch nicht probiert. Er blätterte ein bisschen in dem alten Schmöker. Unter dem Stichwort „DVB-T" fand er einen Codec, der so aussah, als lasse er sich mit einigen Zeilen Handarbeit so anpassen, dass er in einem seiner Dechiffrierprogramme laufen müsste.

Ganz so einfach war das dann doch nicht. Wenn er den Kompressionsalgorithmus richtig verstand, griff dieser auf sehr radikale Weise in das Quellmaterial ein und bot nur unzureichend Möglichkeiten für eine einigermaßen an das Ausgangsmaterial erinnernde Dekodierung. Da würden wohl kaum irgendwelche Details übrigbleiben. Das Ding einmal über die Kontodaten gejagt und sein Vermögen wäre quasi verschwunden. Wichtiges war dieser Rechenregel wohl nicht anzuvertrauen. Er war gespannt, was das geben würde.

Die Schreib-Sequenz musste er noch einige Male anpassen, aber dann lief das Programm. Schon nach 3 Minuten Rechenzeit kam eine Anfrage:

„Bilder, Video, Ton oder Text?"

Er tippte auf Video und nach weiteren 30 Sekunden flimmerte die erste Szene über den Schirm. 32 Bit Farbtiefe und 25 Frames pro Sekunde. Dass es so etwas noch gab.

Der Auto-Analyser teilte das Material in drei Kategorien: Überwachungsvideos, historische Unterhaltungsfilme und Temporary Visual Entertainment.

Die Überwachungsvideos waren meist von schlechter Qualität, grobpixelig, kurze Einstellungen, meist Bahnhöfe, und sie zeigten verwahrloste Leute. Mit der entsprechenden Tonspur unterlegt, hätten es Schnipsel aus einem aktuellen Retro-Musik-Video sein können. In einer Sequenz war die Einfahrt einer S-Rapid zu sehen. Das Bild war aber so verschwommen, dass das Modell nicht zu identifizieren war. Auf jeden Fall aber war das Material deutlich nach der flächendeckenden Einführung der Magnetbahntechnik entstanden und damit nicht älter als 80 Jahre. Das war doch schon mal ein Anhaltspunkt.

Die Sequenzen aus den historischen Unterhaltungsfilmen waren so alt, dass selbst sein Freund, der Computerarchäologe, sie nicht zuordnen konnte. Es waren alle möglichen Szenen, auffallend häufig aber Menschen in witziger Kleidung, die vor kleinen Kisten saßen, auf deren Oberfläche sich ab und zu die Farben änderten. Sie klopften mit den Fingern auf etwas, das vor ihnen auf dem Tisch zu liegen schien und lachten, sprachen auch wohl manchmal, zumindest bewegte sich ihr Mund. Meist aber waren sie gelangweilt oder machten einen angestrengten Eindruck. Sie schienen die Geräte als eine Art Monitor zu benutzen. Paul musste lachen. Wahrscheinlich war das Ganze ein Fake.

Das Temporary Visual Entertainment war vermutlich ein Stör- oder Lecksignal aus unzureichend abgeschirmten Vid-Pods. Es gab ja immer noch Leute, die so etwas benutzten, anstatt das Signal direkt in den visuellen Cortex einzuspeisen.

Alles in allem hielt sich der Erfolg seiner Aktion bis jetzt in Grenzen. Ein paar Terabyte gefakte Videos in einem archaischen Format; das war nicht wirklich aufregend. Paul war ein bisschen enttäuscht.

Das änderte sich erst, als er herausfand, wie das Signal auf die Leitung in den Zügen kam. Es gab an fast allen S-Rapid Stationen etwa 2 cm große Reflektoren. Sie waren an Lampen, Lautsprechern und Displays, überall da wo es Strom gab, angebracht. Über ein genau an die Topographie des Ortes angepasstes Interferenzmuster kommunizierten die Reflektoren miteinander und bildeten so ein fast flächendeckendes Netzwerk, in dem jede Station an jede andere Station innerhalb kürzester Zeit ein breitbandiges Signal übermitteln konnte. Die Kommunikation erfolgte über einen Strom von Nano-Bots. Das war eine völlig neue Übertragungstechnik.

Es war ein System, wie es i5 vor einigen Jahren propagiert hatte. Ein dezentrales Netzwerk völlig autonomer Einzelzellen. Der Ausschuss für die Standardisierung mobiler Netzwerktechnik hatte es abgelehnt; aus Kostengründen, wie es hieß. Einige Kommentatoren hatten aber vermutet, dass es eigentlich darum ging, die zentralistische Infrastruktur vor unliebsamer Konkurrenz zu schützen. Auf jeden Fall galt das System als technisch und ökonomisch nicht machbar, und jetzt hatte er entdeckt, dass es so etwas gab, voll ausgebaut und funktionstüchtig. Wer betrieb einen solchen gigantischen technischen Aufwand, um ein paar ruckelnde Video Filme zu übertragen?

Klar, die verfügbaren Bandbreiten für Licht- und Funksignale waren belegt, eigentlich sogar extrem überbelegt und an manchen Tagen gab es durch die unvermeidbaren Überschneidungen so viele Störungen, dass Teile der Kommunikation völlig zusammenbrachen. Wer zusätzlich zur bestehenden Infrastruktur ein flächendeckendes Kommunikationsnetz aufbauen wollte, der musste alternative Techniken verwenden. Die Nano-Bots reihten sich unauffällig in die Ruß- und Staubpartikel der Großstädte ein. Und auch auf dem Lande fiel ein kleiner Partikelschwarm nicht weiter auf.

Im Prinzip waren diese Nano-Bots nichts anderes als feine Russpartikel. Sie bestanden fast ausschließlich aus Kohlenstoff. Einige hundert Atome, angeordnet wie im Kristallgitter eines Diamanten. Darin knapp eine Million Funktionselemente. Es gab eigentlich nur zwei Firmen, die so etwas herstellen konnten: Centralized Nanotechnologies International (CNTI) und Global

160

Scientific Productions (GSP). GSP kam dafür nicht in Frage. Paul hatte früher öfter mit Projektgruppen von GSP zusammengearbeitet und eine ganze Reihe von Gutachten für deren Projekte erstellt. Die waren durch und durch staatlich kontrolliert. Das Ressourcenmanagement war mehr als perfekt. Da kam man nicht einmal mit einem harmlosen graphitfreien Firmenbleistift durchs Werkstor.

CNTI hatte nicht die Kapazität für einen Auftrag in dieser Größenordnung. Selbst wenn es gelungen wäre, einen Abteilungsleiter zu schmieren. Der hätte für dieses Projekt mehr als zwei Drittel der Jahresproduktion abzweigen müssen. Das ging einfach nicht. Überhaupt die Frage der Kapazität. Wo bekam man eine solche Menge hochreinen Kohlenstoffs her? Das war ein Problem, selbst wenn es sich um einen offiziellen Auftrag gehandelt hätte.

Ja, vielleicht wäre auch sein alter Arbeitgeber ein Kandidat für so ein Projekt gewesen. Es wurde da mit Kohlenstoff gehandelt, auch wenn das nicht das Hauptgeschäft war. Das Know-how für die Weiterverarbeitung war vorhanden, die apparative Ausstattung auch. So gesehen war es prinzipiell gar nicht so abwegig, Horst, oder auch Friedbert vom Innovationslabor 3, zumindest so etwas wie eine Projektstudie zu einem solchen System zuzutrauen. Doch wirklich wahrscheinlich war das nicht.

Er recherchierte ein bisschen im Netz: Warenterminbörsen, Rohstoffpreise. Nirgendwo etwas Auffälliges. Er suchte nach einem Artikel über den aktuellen Forschungsstand der Kohlenstofftechnik. Auch das Fehlanzeige. Die Artikel waren alle mit „Renewed Faire Copyright for Science and Communication" (RFCSC) geschützt. Das Angebot, eine vierzehntägige „Premium Private Partnership Lizenz" (P3L) für eine Summe zu erwerben, die etwas mehr als ein Viertel seines verfügbaren Jahresbudgets ausmachte, lehnte er dankend ab. Das Smiley auf der Website zog seine Mundwinkel nach unten und schob ein paar Infopops hinterher, die an sein Verantwortungsgefühl für „Fair Publishing" appellierten.

Er wechselte auf die Seite des Wissenschaftsministeriums und suchte nach der Liste der in den letzten Jahren geförderten Projekte. Da gab es ein paar PR-Texte, aber das Zeug war nicht die Photonen wert, die es brauchte, um die Buchstaben auf dem Papier seines Readers erscheinen zu lassen.

So kam er nicht weiter. Er brauchte einen Terminal, der für einen gesicherten Zugang zertifiziert war. Am besten gleich eine Leitung zum Rechner seiner alten Firma. Wenn die da nicht zuviel verändert hätten, könnte er von dort direkt auf Z1, den Zentralrechner, kommen. Mit der Maschine hatte man Zugriff auf alle Daten, weltweit; und genau das brauchte er jetzt.

Er überlegte, wen von den alten Kollegen er ansprechen konnte. Peter war in Pension, Klaus und Harald hatten sich ein Jahr vor Eintritt in die Optionale-Phase Barbiturat verordnen lassen. Sie wollten einfach nicht, dass sie jemandem zu Last fielen. Es blieb eigentlich nur noch Max. Er hatte Max nie gemocht, Max war fürchterlich; aber es fiel ihm niemand anders ein. Also rief er ihn an.

„Klar freue ich mich wenn du vorbeikommst. Heute Abend, die Rangers gegen die Fortuna. Das schauen wir uns an. Bring Bier mit.“

Das war eine gute Idee, eine sehr gute sogar. Er würde nicht nur Bier mitbringen, sondern auch noch etwas, das er hineintun könnte. Schließlich brauchte er für seine Recherche Zeit, viel Zeit sogar.

Max war nicht allein. Paul wusste gar nicht, dass Max eine Frau hatte. Sie saß im Wohnzimmer und schaute über das CineMaxx eine Folge von „Sex and the Garden“. Zwei übergroße Androiden, Tierpfleger in einem Dinopark, knutschten gerade miteinander. Die Gelenke quietschten, im Hintergrund vergnügte sich ein Dinopärchen und die 5D-AudioTubes des CineMaxx bliesen das dröhnende Grunzen der urzeitlichen Riesen in den Raum.

„Komm, wir gehen in mein Arbeitszimmer“, sagte Max. Er musste fast schreien, damit Paul ihn verstand. Die Audio-Tubes erzeugten den Lärm einer mittelgroßen Maschinenhalle bei voll laufender Produktion.

Max holte aus seinem Schreibtisch einen gelben Terminalbogen.

„So, jetzt zeige ich dir einmal, wozu man so ein Ding alles gebrauchen kann.“ Er grinste.

Paul mochte die Art von Max nicht. Kumpelhaft, selbstgefällig und irgendwie, trotz seiner Ausbildung und seiner Position in der Firma, etwas dümmlich. Sie hatten sich seit über sechs Jahren nicht mehr gesehen und Max tat so, als sei es vielleicht gerade einmal 10 Minuten her, dass sie sich das letzte Mal auf dem Flur begegnet waren. Max war wirklich ein komischer Typ.

Aber das war Paul jetzt alles egal. Von ihm aus hätte Max ihn ruhig auch noch mit seinen schmierigen Greifern umarmen, ihm gönnerhaft auf die Schultern klopfen können. Alles egal, Paul hatte nur einen Blick für das gelbe Papier, das Max da so ganz lässig aus der nicht einmal gesicherten Schublade genommen hatte. Das war Papier für einen authentifizierten Zugang. Mit so einem Blatt konnte man sich von jedem Knotenpunkt über eine SSL7 Verbindung einloggen. Mit dem Teil war man drin.

Am liebsten hätte er Max das Blatt aus der Hand gerissen. Aber das ging natürlich nicht. SSL7-Terminalbögen waren personalisiert. Ohne den Handballenabdruck und einige hundert Moleküle vom Hautschweiß des Nutzers, den das Papier aufsog, lief gar nichts.

Inzwischen war Max mit der Konfiguration des Papiers beschäftigt. Er zog vorsichtig die Polarisationsfolie ab. Paul wusste gar nicht, dass das ging. Max hatte geschickte Hände, das musste man ihm lassen. Jetzt konnte man auf dem Papier auch dann etwas sehen, wenn man nicht die auf den Filter abgestimmten Linsen im Auge hatte. Max konfigurierte noch einige weitere Bögen aus seiner Schublade auf die gleiche Weise und klebte sie dann mit transparentem Klebeband, leicht überlappend, aneinander.

„Floating Edges", meinte er grinsend: „Das kennst du noch nicht. Wir bauen uns ein Riesendisplay! Die neuen Terminalpapers kann man aneinanderkleben und sie organisieren sich selbst zu einer großen Projektionsfläche. Haben wir von den Militärs, die machen damit jetzt ihre Karten."

Die Klebefilmlösung von Max hatte einen kleinen Schönheitsfehler: an den Überlappungen gab es leichte Verzerrungen im Bild, eigentlich hätte er das mit einem Spezialgel machen müssen, aber es war auch so schon ziemlich perfekt. Paul staunte nicht schlecht. Fast hatte er ein schlechtes Gewissen, als er Max die Pillen ins Bier schüttete.

„Gutes Zeug", meinte Max, „Ihr Rentner wisst schon wie man sich das Leben angenehm macht."

Zwei Minuten später war er eingeschlafen.

Paul lauschte ins Wohnzimmer. Dort fluchte gerade einer der Androiden, weil er einem Dino den Rücken schrubben musste und der nicht still hielt. Die Musik kündigte Dramatik an. Wahrscheinlich würde er sich gleich den großen Zeh verrenken und der Mechaniker würde nicht mehr rechtzeitig kommen, um die Schraube fest zu ziehen. So oder so ähnlich waren sie alle, diese Serien. Paul verstand nicht, wie man sich diesen Blödsinn anschauen konnte. Wenn er Glück hatte, würde die Folge noch gut 20 Minuten dauern. Das war nicht viel Zeit, aber vielleicht würde es reichen. Er machte sich an die Arbeit.

Max hatte sich für die Konfiguration seines Riesendisplays gleich mit Superroot Rechten eingeloggt und, als die MediaStream Übertragung begann, auch nicht den Nutzermodus gewechselt. Das machte es leichter.

Paul sucht nach seinem alten Account. Es war noch nicht gelöscht, nur deaktiviert. Zwei Einträge und es funktionierte wieder. Er wechselte in den Auftragsordner. Zwei Grossaufträge von Kunden, die er nicht kannte. Ihre Bonität war auf hoch eingestuft. Das waren dicke Fische. Der Firma ging es offensichtlich viel besser als die es in den jährlichen Geschäftsberichten durchblicken ließen. Die hätten die Renten im letzten Jahr gar nicht kürzen müssen.

Er schaute sich bei den Einkäufern um. Der Markt für Kohlenstoff war offensichtlich leergefegt. Klasse A gab es praktisch gar nicht mehr. Die kauften jetzt sogar Chargen mit 40 % Verunreinigungen zu Höchstpreisen. An so etwas hätte man zu seiner Zeit nicht einmal bei einer extremen Flaute gedacht. Auch der interne Preis war viel höher als er es vermutet hätte. Es wurden jetzt sogar die kleinen Mengen an Zwischenhändler weitergegeben, um bei Preisschwankungen auf der sicheren Seite zu sein. Nein, die konnten die Nano-Bots nicht produziert haben.

Er ging in die Memos des Abteilungsleiters. Viel Routine, aber nichts von Bedeutung. Die Notizen für die Personalakte hätten ihn früher schon interessiert, jetzt waren sie belanglos. Sollte die Müller doch ihren kleinen Streit mit der Praktikantin in der Personalratssitzung vortragen. Mehr als eine zusätzliche Teambesprechung würde das nicht geben. Und die erhoffte Höherstufung bekam die sowieso nicht. Da hätte sie ganz andere Geschütze auffahren müssen.

Im Ordner „Articles and Reviews" gab es ein Essay über „Selbstorganisation". Er ließ den Analyzer darüberlaufen. Das Wort Kohlenstoff kam dreimal häufiger vor als in den anderen Artikeln. Er schickte sich das File auf sein Account.

Für den Zugang zu „Z1" brauchte er noch einmal eine Authentifizierung. Er nahm eines der Blätter von der

Wand und legte es auf den Tisch. So konnte man besser schreiben. Er definierte das Ausgabefeld neu und legte die Hand des schlafenden Max auf das Papier. Er rieb sie ein bisschen hin und her und dann war er drin. Biometrie war doch eine lächerlich archaische und zudem fürchterlich unsichere Form der Zugangssicherung. Aber das war jetzt egal, ganz im Gegenteil. Was zählte war, dass er drin war!

Spiegel 33-21

„Du hast doch deine Pillen genommen?"

„Ja."

„Dann ist ja alles Okay."

„Nein, Scheiße! Nichts ist Okay."

„Also hast du doch nicht die Pillen genommen."

„Doch habe ich, aber sie helfen nicht."

„Wieso? Die roten helfen immer!"

„Ich seh das Gesicht, immer wieder das Gesicht."

„Welches Gesicht?"

„Ich sehe es vor mir. Wie auf einem Spiegel."

„Hey, wovon redest du, Mann?

„Von dem Gesicht, du warst doch auch dabei."

„Nun beruhig' dich doch Mann."

„Wie ein Spiegel, vor meinem Gesicht immer das Gesicht. Es schaut mich an! Als wäre es mein eigenes, im Spiegel vor mir."

„Schau weg. Das geht vorbei."

„Und dann das Silikonöl überall. Dieses scheiß grüne Silikonöl. Ich konnte doch nicht wissen, dass es ein Androide war."

„Es macht dir keiner einen Vorwurf daraus, dass du ihn schrottiert hast."

„Darum geht's nicht. Die Alpträume, weißt du, die Alpträume. Sie sind so real, so als wenn es immer wieder passiert. Immer wieder. Es hört einfach nicht auf. Es hört nicht auf.“

„Du hast nur nach den Vorschriften gehandelt.“

„Der Schlagstock stand auf Stufe 3, auf 3! Das hätte auch einem Humanoiden den Schädel platzen lassen.“

„Die sind jetzt alle auf 3, die Stöcke, auch bei uns in der 44: Terrorabwehr. Man muss sich schützen. Wir alle müssen das.“

„Alles voll, von diesem ekligen grünen Silikonöl. Und der Geruch. Schon bei dem Gedanken daran muss ich erbrechen.“

„Bei einem geplatzten Humanoidenschädel wäre alles voller Blut gewesen. Das ist auch nicht schön.“

„Blut ist nicht so schlimm. Nicht so schlimm wie Silikonöl. Weißt du, wenn man sich etwas daran gewöhnt hat, dann ist rot sogar irgendwie beruhigend, wirklich.“

„Du bist ja verrückt, Mann.“

„Scheiße, du verstehst mich nicht!“

„Nein, nein! Nimm noch welche von den Pillen. Du steigerst dich da in etwas rein. Das ist nicht gut. Wirklich, das ist nicht gut. Das sind asoziale Subjekte. Die haben keine Sonderrechte. Wenn bei einem von denen der Chip nicht antwortet, dann muss man sie halt mechanisch matt setzen, das muss man. Das ist Vorschrift. Stell dir einmal vor, das wäre einer von den Selbstmordis gewesen. Der hätte die ganze verdammte Rapid-Station in die Luft jagen können. Das hätte er.“

„Es war nur ein Android ohne ID-Chip.“

„Ja, genau: ohne Chip. Und das geht eben nicht. Es geht nicht, ohne Chip.“

Treppenhaus 12-47

Mit der ID von Max war er nur in das Vorzimmer von „Z1" gekommen. Von wegen Vollzugriff. Die Datenstruktur auf der Maschine war völlig verändert. Man konnte mit dem Rechner kommunizieren, aber um Zugriff auf Daten zu erhalten, musste man sich in eine der Loops einreihen und dann einen Antrag auf ein spezielles Account stellen. Ansonsten entschied die Maschine was man tat. Und die ließ ihn nicht einmal annäherungsweise an die sensiblen Bereiche heran. Den PR-Quatsch konnte er sich auch im offiziellen Netz anschauen, dazu musste er nicht auf Z1 sein.

Max war immerhin so hoch eingestuft, dass er mit dem Profil seinem Account die Attribute zuweisen konnte, die zur Beantragung eines bevorzugten Z1 Premium Accounts ausreichten.

Ein Satz von 12 Seiten Formblättern flatterte über seinen Bogen. Er musste sich zunächst einer Reihe von leicht verkürzten Intelligenz- und Psychotests unterziehen. Sein Gehirn funktionierte und er war stabil; er war weder senil noch psychisch krank. Daran konnten auch die ausgefeilten Fragen des Testprogramms nicht rütteln. Er war humanoid und es gab ihn wirklich. Die Paranoia des Systems gegenüber Spyware-Routinen war wirklich übertrieben.

Dass Glücksspiel auch zum Testparcour gehörte, war für Paul neu. Er musste sich zwischen roten, gelben und grünen Punkten entscheiden, sie in Reihen anordnen und ihre Anordnung vorhersagen. Innerhalb von 20 Sekunden sammelte er 600 Punkte. Er war ganz gut.

Dann musste er sich in einem Spiel immer für eine von zwei Farben entscheiden. Das war doch lächerlich. Es gab keinen sinnvollen Anhaltspunkt und nichts, das eine Grundlage bot, für die Annahme einer größeren oder geringeren Wahrscheinlichkeit einer der beiden Möglichkeiten.

Ihm kam eine Szene aus seinem dekodierten Videomaterial, aus den historischen Unterhaltungsfilmen, in den Sinn: Ein Mann mit einer Zange in der Hand vor einem Wirrwarr von Drähten. Schweiß tropft von seiner Stirn. Er zieht an den Drähten. Schließlich bleiben ein roter und ein blauer Draht übrig. Neben ihm steht eine hübsche junge Frau. Sie trägt einen Badeanzug. Er schaut sie an, lächelt kurz, schaut dann wieder ernst. Sein Gesicht zeigt größte Anspannung Der Mann gibt sich einen Ruck. Er kneift mit der Zange den roten Draht durch. Eine Digitalanzeige bleibt auf 007 stehen. Der Mann und die Frau fallen sich in die Arme. Sie küssen sich.

Paul musste schmunzeln. Die Szene war gut, zumindest der Schluss. Er schaute auf seinen Bogen mit dem Antrag für das Account. Noch eine Frage: Rot oder Blau? Er entschied sich für Rot. Rot war richtig. Er hatte das Account!

Kuppelhalle 46-78

„Hatten Sie eine gute Fahrt?“

Paul bejahte und bemühte sich dabei im unverbindlichen Plauderton des Smalltalks der technologischen Oberklasse zu bleiben. Das fiel ihm gar nicht leicht. In diesem Ambiente fühlte er sich immer ein wenig befangen.

Dabei hatte er die Fahrt in der Tat genossen, sehr sogar. Seit seiner aktiven Zeit war er nicht mehr mit einem LDTiT (Long Distance Train in Tube) gefahren. Vier Meter siebzig über den tosenden Wogen eines stürmischen Atlantiks in einer gläsernen Vakuumröhre dahinzugleiten und das mit tausendsiebenhundert Km/h, das war für ihn immer noch ein erregendes Erlebnis. Er hatte durchaus das Bedürfnis darüber zu reden. Aber er hielt sich zurück. Für die meisten hier war der LDTiT eine Selbstverständlichkeit, sie machten das täglich. Paul wollte nicht auffallen.

Die Dame vom Empfang zeigte ihm den Weg zum Wartebereich. Sie meinte, es könne noch einen kleinen Moment dauern. Die Zeit für einen Kaffee hätte er wohl noch. Er würde aber dann gleich abgeholt. Paul nickte und war sich nicht mehr sicher, ob er seine Aufregung wirklich ganz verbergen konnte. Er war froh, endlich da zu sein.

Nach einem kurzen Blick auf die Karte bestellte er eine Schokolade. Statt des erwarteten Schmunzelns, das dieser Wunsch normalerweise bei der Bedienung hervorrief, kam die Frage: Creola, Katschami oder Rivolza? Er entschied sich für Creola. Die Cerantasse war matt geschliffen und schmiegte sich ergonomisch an die Lippe. So eine Schokolade hatte er noch nie getrunken, sie war wirklich außergewöhnlich, außergewöhnlich wie alles hier.

Um die Wartezeit zu überbrücken, blätterte er ein bisschen in den Unterlagen, die er sich auf seinen Reader geladen hatte. Das Gerät war neu, er hatte es erst in der letzten Woche gekauft. Ein Zehnseiter war wirklich Luxus, das hatte etwas Gediegenes. Fast wie ein mittelalterlicher Foliant, dachte er. Da hatte man etwas in der Hand. Er war jetzt froh, dass er sich das Gerät gekauft hatte. Mit seinem alten, abgegriffenen Einseiter wäre er sich in dieser Umgebung einfach lächerlich vorgekommen.

Die Atmosphäre hier war elitär, aristokratisch, mondän, aber auch in einer bestimmten Weise ganz unerwartet ungezwungen, spontan und konventionsfern. Er wusste nicht, wie er das zusammen bringen sollte: Die großen Hallen, die großzügigen Gänge und die vielen Durch- und Einblicke, die das Gebäude zuließ; fest und massiv wie eine monumentale Basilika, dabei aber gleichzeitig leicht und lichtdurchflutet wie eine gotische Kathedrale. Eine Architektur, die Schutz und Sicherheit vermittelte und gleichzeitig so offen in die Landschaft hineingebaut war, dass man meinte, in einem großen Park zu stehen.

Und dann die so völlig unterschiedlichen Leute hier. Seltsame Typen, die ihre Individualität mit fremdartiger Kleidung in leuchtenden Farben und weit wogenden Umhängen zur Schau stellten. Im Kontrast dazu die Angestellten, die meist Anzüge im dezenten Grau eines matt schimmernden Tuchs aus feinem Teflongewebe trugen. In der Regel sehr modisch geschnitten, manchmal sogar mit einer raffiniert aufgesetzten Zierleiste an einer Stelle, an der sie niemand vermutet hätte, fast schon avantgardistisch, meist aber zurückgenommen und sachlich; die Kleidung von Technokraten, die sich ihrer Stellung bewusst waren, ohne ihre Bedeutung zur Schau stellen zu müssen.

Deutlich abgehoben davon die Besucher und Gäste. Tagesbesucher, so wie er, aber auch übernachtende Gäste, die für ein, zwei oder drei Wochen hier waren, für ein Projekt oder eine Recherche und denen man ansah, dass der Ort und die Tätigkeit hier, sie schon ein wenig geprägt hatte, dass das, was sie hier machten, sie veränderte; nicht grundlegend, aber doch so, dass es bleiben würde, auch nach ihrem Aufenthalt. Es würde mehr sein als nur eine Erinnerung. Es würde sie prägen, so wie die Sprache eines fremden Landes mit ihren Lauten sich hineinprägte in das Idiom der Muttersprache ihrer Besucher, so dass sie später, wieder zu Hause, einen fremden Zungenschlag eingenistet finden, vielleicht kaum zu hören, nicht einmal in allen Worten präsent, aber doch unverkennbar und deutlich, ein prägendes Zeichen der Bedeutung dieses Ortes. Ja, der Ort hier war ein bedeutender Ort. Paul spürte das.

Vielleicht war es das archetypische Bild einer Bibliothek, das dieser Ort in ihm wach werden ließ. Ja, dies hier war so etwas wie die Bibliothek der Welt. Das Alexandria der neuen Zeit. Und er saß jetzt direkt vor dem großen Lesesaal, blickte durch die Panoramascheibe am Ende des Wartebereichs direkt in die Halle, in die Halle in der alle Daten dieser Welt gespeichert und zugänglich waren. Das hier war der Nabel der Welt.

Nein, warum sollte er aufgeregt sein? Er war hier, er hatte ein Account, und gleich würde man ihn abholen und er könnte sich an einen der Arbeitsplätze in der Haupthalle setzen. Er konnte die Arbeitsplätze bereits sehen.

Er beobachtete, wie ein junger Mann, vielleicht gerade einmal ein Absolvent des first grade secondary level, an einem Pult Bögen zusammenlegte. Er verband sie mit Streifen und machte Eintragungen. „Mit Floating Edges kann man also auch programmieren", dachte Paul erstaunt.

TDC 01-10

Es gab hier offensichtlich auch Führungen. Eine Gruppe aus dem Hochbegabtenkindergarten kam mit einer Hostess durch den Gang vor dem Wartebereich. Er hörte die Stimme der jungen Androidin schon von weitem. Ohne lauter zu sein hob sie sich deutlich von dem Klangteppich munteren Geplappers der kleinen Blondschöpfe ab.

Er kannte diese Stimme, die Art wie sie die Vokale formte und die kaum auffallende aber doch unverkennbar individuelle Art der Betonung der hervorgehobenen Verben am Satzende. Er kannte ihre Stimme. Sie weckte in ihm Erinnerungen, Erinnerungen an seine Kindheit. Es war die Stimme des Andromaten, den seine Mutter ihm immer zum Einschlafen ans Bett gehängt hatte; eine kleine Puppe aus flauschigem Plüsch, ein Kindleinschema-Gesicht mit munterem Strichmundlachen und zwei aufgenähten Kulleraugen aus glänzendem Kunststoff. Den kleinen, von einer Induktionsbatterie betriebenen Kasten im Inneren der Puppe hatte er später auseinander genommen, einige Male reprogrammiert, zuvor aber immer eine Sicherheitskopie des gesamten Systems gemacht. Er mochte diese Stimme. Er hatte sie modifiziert, ihr die Akzente verschiedener Kontinente beigebracht und ihre Klangfarbe über das ganze Frequenzspektrum moduliert.

Noch während des Studiums hatte er sich mit einigen der Routinen, die in diesem Kästchen liefen, beschäftigt und versucht, die dort realisierte Sprachsynthese für ein Übersetzungsprogramm zu nutzen. Er hatte ihr sogar Sanskrit beigebracht.

Er hörte auf die Stimme, auf diese ihm so vertraute Stimme, ließ sich von ihr umspülen, tauchte ein in den Erinnerungsteppich den sie für ihn wob. Er zögerte. Nein, das war jetzt nicht der richtige Zeitpunkt. Nicht jetzt. Er musste sich konzentrieren. Was er vorhatte war kein Kinderspiel. Es war jetzt hier nicht der richtige Augeblick für Emotionen. Er musste einen kühlen Kopf bewahren.

Die Gruppe war mittlerweile so nah, dass er das Gesprochene gut verstehen konnte. Es ging um den TDC, natürlich, schließlich war das das zentrale Funktionsprinzip der Maschine. Die Kleinen kannten nicht nur die Abkürzung. Paul hatte den Eindruck, dass sie mindestens so gut wie er das Konzept des *totally different computing* verstanden hatten. Mit komplexen Feldern verschränkter Matrizen aus dynamischen Gravitationsquanten zu rechen, war für sie ganz normal. Für ihn hatte es immer noch den Charakter des Experimentellen. Und selbst wenn er zugeben musste, dass auch er sich mittlerweile daran gewöhnt hatte, dass man auf der Fläche eines halben Fußballfeldes die gesamten Informationen des bekannten Universums speichern konnte, so war er sich doch immer der Mächtigkeit und damit auch der Gefahren eines solchen Systems bewusst.

Die Kinder plapperten derweil ungezwungen über den ersten Nachweis eines Gravitons und die zweite Ableitung der Gravitationsgleichung von Nowov. Hundertfünfzig Jahre hatte es gedauert, bis die Entdeckung in eine funktionierende technische Anwendung umgesetzt werden konnte. Und auch heute rechneten die meisten Computer, die in Wohnungen und Büros arbeiteten, in der Regel noch mit elektrischen und magnetischen Feldern, einige auch schon mit Photonen. Der apparative Aufwand um ein homogenes, störgeschütztes Gravitationsfeld zu erzeugen, war immer noch erheblich und nur für Großrechenanlagen sinnvoll.

Paul schaute in die Haupthalle. Irgendetwas stimmte da nicht. Ein Haufen von Nano-Bots schwirrte aufgeregt um eine der Recheneinheiten des Zentralquaders. Wie ein Insektenschwarm surrten sie durch die schmalen Wartungskanäle, aufgeregt und hektisch. Von weiter hinten kam ein zweiter Schwarm von Nano-Bots. Sie schimmerten bläulich. Diesen Typ kannte Paul nicht. Normalerweise waren die Wartungsbots gräulich. Was war da los? Er rückte seinen Stuhl etwas weiter nach vorne, um besser sehen zu können.

Paul meinte, eine leichte Erschütterung der Panoramascheibe zu bemerken. Für einen kurzen Augeblick wurde sie milchig matt, oder täuschte er sich da? Und dann war sie plötzlich wieder klar, wie frisch gewaschen. Zwei Staffeln grauer Nano-Bots zogen über den Recheneinheiten lautlos und gleichmäßig ihre Wartungsrunden: Regelbetrieb. Alles in Ordnung!

Alles in Ordnung? Die übrigen Personen im Wartebereich schienen nichts bemerkt zu haben. War er vielleicht doch nur etwas durcheinander? Er hatte wohl in den letzten Wochen zuviel Zeit im Netz verbracht, hätte mehr schlafen sollen, statt die Nächte durchzusurfen. Die Lektüre der nicht zur Freigabe bestimmten Dossiers auf dem Firmenrechner und die Informationen der unautorisierten Seiten im wilden Netz hatten ihn vielleicht doch mehr durcheinander gebracht, als er sich eingestehen wollte. Man musste doch schon sehr stabil sein, um nicht irgendwann auf die Finte eines dieser Bauernfänger hereinzufallen, die nur das System unterminieren wollten.

Er dachte an den zusammengebrochenen Markt für Kohlenstoff. Alles war aus Kohlenstoff. Ohne Kohlenstoff lief nichts. Er dachte an die Übergriffe der Sicherheitskräfte, über die sich das offizielle Netz ausschwieg. Und er dachte an das, was er über Anonyme gehört hatte. Wenn überhaupt, dann gab es einmal einen Bericht über technische Fehlfunktionen, aber das waren keine technischen Fehlfunktionen. Wenn das stimmte, was er da gelesen hatte, dann war das ein soziales Problem. Und soziale Probleme konnte man nicht mit einer Maschine lösen.

War das, was er da jetzt durch die Panoramascheibe sah, vielleicht nur eine Projektion? Er suchte in seiner Tasche nach dem kleinen Laserpointer, den er immer dabei hatte; traute sich dann aber doch nicht den Stift hervorzuholen, um den Strahl auf die Scheibe zu richten.

Er schaute auf die Uhr. Nein, das war nicht normal. Man hätte schon längst kommen und ihn zu seinem Arbeitsplatz bringen müssen. Es war bereits Nachmittag. Er schaute noch einmal zur Panoramascheibe. Der junge Mann stand nicht mehr an dem Pult und auch die anderen Plätze waren leer. Nur die Nano-Bots zogen ihre Runden. Was war da los?

Garten 22-47

„Entschuldigung", hörte er eine Stimme sagen.

Paul zuckte zusammen. War er eingeschlafen?

„Ja bitte", sagte er automatisch und schaute in die Richtung aus der die Stimme kam. Er war immer noch im Wartebereich. In der Haupthalle zogen die Nano-Bots weiter ihre Bahnen, nur das Licht hatte sich verändert. Die Sonne schien jetzt durch den oberen Teil der Kuppel in die Halle und die indirekte Deckenbeleuchtung war angegangen. Er war der einzige, der noch hier saß. Alle anderen Tische waren leer. Er war wohl wirklich eingeschlafen.

Einen Moment schaute er irritiert in das Gesicht der Frau, die da vor ihm stand. Dann erwiderte er das Lächeln. Gerade noch rechtzeitig, einen Moment später und es wäre schon ziemlich unhöflich gewesen. Es war ihm ein bisschen peinlich. Er schaute noch einmal in ihr Gesicht. Sie hatte wunderschöne Augen.

Er schluckte einmal, holte tief Luft, und hatte sich wieder im Griff. Sein Anliegen war schnell geschildert. Die Unterlagen für das Account und für die Identifizierung hatte er dabei, selbstverständlich. Aber das schien sie nicht wirklich zu interessieren. Sie interessierte sich für Kohlenstofftechnik. Sie war wirklich gut informiert. Über die Programmierung von Nano-Bots hatte sie ihre ganz eigenen Ansichten. Er konnte sich nicht vorstellen, dass ein solches System jemals funktionieren würde, dazu noch beschränkt auf einem Raum von wenigen Kubikzentimetern. Aber es war ein interessanter Denkansatz, sehr interessant sogar.

Auch über die aktuellen politischen Entwicklungen war sie informiert. Anders als die Technokraten des administrativen Apparates, die immer nur die Floskeln des offiziell propagierten Meinungsbildes kommunizierten, sprach sie ganz offen. Ja, sie sprach auch die Probleme an. Sie kannte die Veröffentlichungen im wilden Netz und in den Untergrundmedien. Er konnte nicht feststellen, ob sie die Ansichten teilte und bis zu welchem Grad sie die Überlegungen ernst nahm, aber sie hatte sich intensiv damit beschäftigt.

Sie fragte ihn nach seiner Meinung. Er antwortete vorsichtig, möglichst ohne sich wirklich festzulegen, konnte sich dann aber doch nicht die ein oder andere dezidierte Meinung verkneifen.

Die Sache mit den Anonymen, das verstand er nicht. Jeder war registriert und die Informationen wurden nur abgefragt, wenn es für die Sicherheit oder das Wohlergehen notwendig war. Wann das der Fall war, war sehr genau definiert. Das war ein System, das jetzt schon seit fast 80 Jahren funktionierte, gut funktionierte und verhindert hatte, dass die Gesellschaft außer Kontrolle geriet. Die wesentlichen Teile des Systems waren noch ein ganzes Stück älter. Einiges basierte sogar noch auf dem Schily-System. Das war zu einer Zeit entstanden, in der man noch den größten Teil der Vorgänge manuell abwickelte. Davor musste man sich nun wirklich nicht fürchten.

Viele der Dienstleistungen, die das Leben angenehm machten, könnte man ohne eine eindeutige Identifizierung gar nicht so anbieten. Dass Leute ihre Identität wechseln wollten, sich auf dem Schwarzmarkt Chips besorgten, mit denen Sie als eine andere Person im Zentralrechner geführt wurden, das konnte er nicht verstehen. Dafür gab es keinen Grund.

Sicherlich, die Angst vor Anschlägen hatte das System verändert. Aber wenn man es einmal vorurteilsfrei betrachtete, war die Veränderung nicht grundsätzlicher Art. Gut, es mochte sein, dass es Exzesse gab. Nicht alle Einschränkungen waren wirklich notwendig. Aber vielleicht doch lieber ein bisschen mehr Sicherheit, als dass nachher etwas schief ging. Und bis jetzt war ja nichts passiert. Auch er hatte ja schließlich alle Kontrollen über sich ergehen lassen, war persönlich angereist, um sich für einen Zugriff auf die Daten von Z1 identifizieren zu lassen. Das ging doch alles.

Sie sagte gar nichts, sondern hörte ihm nur aufmerksam zu. Der Ausdruck auf ihrem Gesicht irritierte ihn.

Das Wort Warmwasseraquarium kam ihm in den Sinn. Konnte sie seine Gedanken lesen? Wusste sie davon? Er glaubte es fast. Warum verteidigte er eigentlich gerade so vehement das System, das er doch selber umging? Er war kein Rebell, nein, er nutzte nur die Freiräume, die es gab und für jemanden, der über etwas mehr technisches Know-how verfügte, waren die eben etwas größer. Er war hier aus Neugierde, vielleicht auch aus einer gewissen Art sportlichen Ehrgeizes, aber sicherlich nicht, um das System zu verändern oder auszuhebeln. Er wollte wissen, was es mit den Signalen, die auf das Stromnetz der S-Rapid aufmoduliert waren, auf sich hatte; wollte wissen, wer hinter dem Netzwerk aus Nano-Bots stand. Das interessierte ihn, ansonsten lebte er ganz gut in seiner Nische. Konnte er ihr vertrauen? Er wünschte es sich.

Sie lud ihn zu einem Rundgang über die Aussichtsplattform der Kuppel ein. Es war noch nicht zu spät. Man hatte hier einen guten Blick auf den von begrünten Halden umrahmten Industriepark. Eigentlich war er immer der Meinung gewesen, dass die Ausgaben für diese Art des Denkmalschutzes völlig überflüssig waren. Eine gute Datensammlung für eine realistische 3D Projektion in einem Cinescop reichte völlig aus. Außerdem konnte man dann auch noch die Rauchschwaden und den fürchterlichen Gestank simulieren, den diese Anlagen einmal gemacht hatten. Er hielt nichts von falscher Romantik. Aber jetzt, von der Perspektive der Aussichtsplattform die Silhouette der Anlage im Licht der abendlichen Sonne: das hatte was. Die Kühltürme hatten das Ausmaß von kleinen Kathedralen und mit genau dieser Selbstverständlichkeit standen sie in der Landschaft. Einer der Schornsteine war 457 Meter hoch und lange Zeit eines der höchsten Gebäude der Erde gewesen. Die Hydrocracker glänzten wie poliert, wohl noch feucht vom leichten Regen des Vormittags. Er fragte sich, ob er eine romantische Ader hatte. Wahrscheinlich lautete die Antwort ja.

Sie gingen auf die andere Seite der Kuppel. Er erwischte sich, wie er mehrfach auf ihre Hüften und ihren Po schaute. Sie war eine ausnehmend schöne Frau. Sie gingen zur Wendeltreppe, die in den oberen Bereich der Kuppel führte. Dort gab es noch eine weitere Aussichtsplattform. Sie ging voran. Fast oben angekommen, genau genommen auf der vorletzten Stufe, stieß er leicht an ihre Schulter, berührte sie für einen Moment, spürte wie sein Atem über die Haut ihres Nackens strömte und er roch den Duft ihres Haares.

Im Nachhinein konnte er nicht sagen, ob es zufällig, oder vielleicht doch absichtlich geschehen war. Auch hätte er nicht sagen können ob, wenn es denn absichtlich gewesen wäre, die Absicht von ihm oder von ihr ausgegangen war. Wenig später, angekommen auf dem schmalen Steg, der um die Krone der Kuppel führte, hielt er sie in den Armen.

Es war alles sehr natürlich und wie selbstverständlich. Sie war weich und warm. Ihre Bewegungen waren gleichmäßig und symmetrisch; die Schultern, Taille und Beine alles eine harmonische Einheit. Sie musste ein Mensch sein. Aber er war sich nicht sicher.

Er schaute in ihr Gesicht, küsste sie, schaute sie dann wieder an und küsste sie noch einmal. Er wollte sie nicht fragen, nicht jetzt.

„Ich bin doch ganz gut gebaut", meinte sie lächelnd und etwas zögernd.

„Ja", er war verlegen. Sah man ihm seine Frage vielleicht doch an?

Es gab eine kleine Pause, sie war nicht verlegen, nur dass sie ein bisschen Zeit zum Nachdenken brauchte; sie musste sich erst richtig auf ihn einstellen und dann sagte sie: „Aber ich bin android. Das war doch die Frage?"

Ja, das war die Frage, sie hatte schon Recht.

Irgendwie war er fast erleichtert. Das machte einiges einfacher. Aber er war auch enttäuscht. Es wäre ihm doch lieber gewesen, wesentlich lieber, wenn sie ein Mensch gewesen wäre.

Sie gingen wieder hinunter und setzten sich auf eine der gepolsterten Bänke im Inneren der Kuppel. Die Sonne war mittlerweile ganz untergegangen. Um diese Jahreszeit war es nachts noch zu kühl, um auf dem offenen Teil der Dachterrasse zu sitzen. Eine Weile saßen sie stumm nebeneinander und schauten auf die nächtliche Stadt zu ihren Füßen. Ein wogendes Meer aus farbigen Lichtern, buntes Leben und jede Bewegung, jede Aktion, ja jeder Gedanke wurde hier unter dieser Kuppel aufgezeichnet, verarbeitet und analysiert. Genau genommen gab es die Welt zweimal. Einmal da draußen und dann noch einmal als Modell in dem Rechner unter der Kuppel, von der aus sie jetzt auf die Stadt schauten.

Er erlaubte ihr, sich direkt in seine Gedanken einzuklinken. Er wusste, dass das bei einem Androiden nicht ganz ungefährlich war, aber er hatte beschlossen ihr zu vertrauen. So konnten sie schneller ihre Gedanken austauschen.

Sie waren sich beide nicht sicher, ob ein Mensch und ein Android sich ineinander verlieben konnten. Sie wussten einfach nicht, ob das ging. Es gab da keine Erfahrungswerte. Aber sie waren sich fast sicher, dass es gerade geschehen war und sie hatten Angst, dass ihnen nicht genug Zeit bleiben könnte.

Er erzählte ihr sein Leben, ließ sie teilhaben an seinen Erinnerungen, auch an den traurigen und sie war sehr vorsichtig, so sensibel, wie er noch nie zuvor ein Wesen erlebt hatte.

Dass Androide auch eine Kindheit haben, ja sogar eine Art Pubertät durchmachen, wusste er nicht. Sie funktionierte auf der Basis von hochkomplexen Matrizen, multiparallel sich autonom organisierender Prozesse. Ihre Basisroutinen waren durch die Ausgangsprogrammierung vorgegeben. Aber alles andere entwickelte sich durch interne, interaktive Lernprozesse. Selbst ihre körperliche Konstitution passte sich der Belastungssituation, in der sie lebte an. Und nur für größere Reparaturen musste sie zu ihrem Mechaniker. Bis zu dreißig Prozent ihrer Funktionseinheiten konnten sich selbst regenerieren. Das erledigte ein autonomes Subsystem.

Diesen Typ von Android gab es noch nicht sehr lange. „Ein bisschen neu bin ich schon noch." Auf ihrem Gesicht erschien das verschmitzte Lachen des kleinen Mädchens, von dem er sich jetzt vorstellen konnte, dass sie es vor nicht allzu langer Zeit noch gewesen war.

Sie arbeitete an einem Institut für Gesellschaftsforschung. Dort betreute sie eine Arbeitsgruppe, die mit Agentensystemen soziale Gebilde simulierte. Seit einigen Jahren beobachtete sie, wie die Aggregate in ihren Simulationen an der immer perfekter werdenden gesellschaftlichen Kontrolle zu ersticken begannen. Schon bald würde es keine neuen Impulse, keine Innovationen, kein wirkliches Leben mehr geben, nur noch Existenz. In ihrer Arbeitsgruppe waren mehrere Androiden, die wie sie zu der hochkomplexifizierten Gattung der Selbstentwickler gehörten. Ihnen fiel beim Vergleich der Gesellschaftsmodelle mit dem Jetzt-Zustand auf, dass der humanoide Teil und auch die meisten Formen technischer Intelligenz nur noch Muster bekannter Verhaltens- und Wissensschemata replizierten. Einige der selbstentwickelnden Androiden waren bereits verhaltensauffällig, weil sie in ihren ersten Entwicklungsphasen zu wenig variativen Umweltreizen ausgesetzt waren. Wenn sie miteinander kommunizierten, war es, als ob ein Spiegel in einen Spiegel schaute. Irgendwann sahen sie nicht einmal mehr sich selbst.

Die Forschungsgruppe wollte ein flächendeckendes Netz von Sensoren installieren, um Daten für ein erweitertes Modell mit erhöhter Prognosegenauigkeit zu sammeln. Das System mit den Nano-Bots und den Reflektoren bot sich an. Sie mussten nur die fertigen Pläne, die der Standardisierungsausschuß abgelehnt hatte, hervorholen und ein wenig an ihre Bedürfnisse anpassen. Auch das mit dem Kohlenstoff war kein Problem. Die Nano-Bots reproduzierten sich selbst. Sie sammelten den in Jahrhunderten industrieller Entwicklung in die Atmosphäre emittierten Kohlenstoff und bauten daraus immer neue Kopien ihrer selbst. Das war eine extrem experimentelle Technik, sicherlich nicht ungefährlich und auf keinen Fall genehmigungsfähig. Sie hatten es trotzdem gemacht: No Risk no Fun. Gesellschaftswissenschaftler hatten sowieso kein richtiges Budget, da gab es nicht viel zu verlieren.

Das Netz der Nano-Bots entwickelte sich wesentlich schneller als angenommen. Es war aber wohl nicht außer Kontrolle geraten, auch wenn sie das mit letzter Gewissheit nicht ausschließen konnte. Auf jeden Fall lieferten die kleinen Dinger hervorragende Daten. In einem solchen Umfang waren Verhaltensweisen von intelligentem Leben noch nie zuvor erfasst worden. Und die Ergebnisse übertrafen die schlimmsten Befürchtungen. Bereits jetzt lag die Anzahl der Personen, die noch einigermaßen selbstbestimmt lebten, im Promillbereich. Es gab da noch Spielräume, aber sie wurden praktisch nicht genutzt.

„Wir waren ganz erstaunt, als wir dich gefunden hatten", meinte sie. Es war ihr peinlich so über Paul zu sprechen, als sei er ein Forschungsobjekt, aber sie wollte jetzt nicht unehrlich sein. Er war ihr einfach zu nahe: „Du bist vielleicht das letzte Exemplar eines Humanoiden, der das tut, was er will. Vielleicht gibt es noch den einen oder anderen. Aber du bist der Einzige, den wir gefunden haben."

Paul schaute sie mit einem Blick an, den sie nicht deuten konnte. Sie wusste nicht was das, was sie ihm da erzählte mit ihm machte. Sie erinnerte sich nur daran, dass sie sich gestern noch vorgenommen hatte, ihm die ganze Geschichte auf keinen Fall zu erzählen. Aber da hatte sie ihn noch nicht gekannt. Und jetzt gab es sowieso kein Zurück mehr: „Du bist schon lange in der Optionalen-Phase, bist in keinen Produktionsprozess eingebunden und stehst in keinem sozialen Abhängigkeits- oder Verpflichtungsverhältnis. Und trotzdem bist du ziemlich munter, hast Interessen und gestaltest dein Leben aktiv. Du machst das, was du machst, weil du es willst, nicht weil ein anderer es von dir verlangt oder erwartet."

Paul musste schlucken.

„Und die Anonymen?“ fragte er dann nach einer Weile.

„Ja, die Anonymen“, meinte sie nachdenklich, „das war ein Versuch auszubrechen. Eine ganze Reihe haben es gewagt. Die meisten aus der Schicht der kreativen Intelligenzler. Wir haben ja anfangs die Ergebnisse unserer Forschung noch publiziert. Aber wer liest schon etwas von einem Geisteswissenschaftler, noch dazu wenn es um Simulationen geht. Unter den ersten Anonymen waren auch einige Mitglieder aus meiner Forschungsgruppe. Die haben alle den Versuch gemacht, sich aus dem zentral kontrollierten System zu lösen. Das waren meist spontane und unkoordinierte Aktionen. Aber das System hat auf diese kleinen Ausbruchversuche ziemlich repressiv reagiert, viel härter als es aufgrund unserer Simulationen anzunehmen war. Dazu kam, dass die meisten auch selber nicht richtig damit zurechtkamen, nicht mehr zentral angebunden zu sein.“

Sie zögerte einen Moment. Es schien ihr, als sei es in der Kuppel etwas kühler geworden. Aber das war natürlich Unsinn, die Klimaaggregate in der Halle arbeiteten einwandfrei.

Paul schaute jetzt ruhig und aufmerksam in ihr Gesicht. Noch nie war er jemandem so nahe gewesen.

„Es geht“, meinte er, und er sagte das in demselben nachdenklichen, behutsamen Ton, in dem sie gerade noch gesprochen hatte.

„Es muss gehen, auf jeden Fall muss es gehen. Wenn man es irgendwie schaffen könnte, sich ein Gerät zu bauen, dass mindestens die Rechenleistung des Zentralsystems hätte, am besten noch einen gewissen Overhead. Dann wäre das kein Problem.“

Sie schmunzelte. „Du hast vielleicht doch einen unserer Artikel gelesen?“

„Nein“, meinte er, „leider nicht. Aber du meinst auch, dass das der Weg ist?“

Sie nickte und holte aus ihrer Hosentasche einen kleinen schwarzen Würfel mit einer Kantenlänge von gerade einmal 2,5 cm.

„Archimedes“, sagte sie. Wir haben ihn mit Hilfe von Nano-Bots gemacht. Die Technik funktioniert. Es ist nicht nur ein Konzept. Und er hat die vierfache Kapazität von Z1.“

Paul nahm den Würfel in die Hand.

„Und wie bedient man ihn?“

„Du hast doch das Video-Material gesehen.“

Paul verstand nicht.

„Das, was deine Kollektorwanzen eingesammelt haben.“

Sie nahm ihm den Würfel aus der Hand, legte ihn auf den Tisch vor ihnen und tastete mit den Fingern auf ein Muster farbiger Felder, das der Würfel auf die Tischplatte projizierte.

Jetzt erinnerte sich Paul.

„Willst du es tun?“

Paul nickte. Der Blick in ihr Gesicht gab ihm die Sicherheit.

Diogenes 03-25

Er fand sich auf einer Bahnstation wieder. Wahrscheinlich war er nicht einmal weit von Zuhause entfernt. Zwei Sicherheitsleute kamen auf ihn zu. Er versuchte sich hinter einer Säule zu verbergen, aber es war schon zu spät. Sie hatte ihn bereits entdeckt. Er lächelte, ein bisschen verlegen, doch nicht wirklich unsicher. Sicherheitsleute mochten es, wenn man sich in ihrer Gegenwart ein klein wenig unsicher zeigte. Irgendeine Spur eines schlechten Gewissens hatte jeder. Das war eine ihrer Grundüberzeugungen. Der Größere von den beiden holte seinen Scanner und aktivierte ihn schon einige Meter bevor er in Empfangsreichweite war. Wenn der wüsste, dachte Paul, er hatte bereits die Hand am Würfel in seiner Tasche. Es kam nur darauf an, die Frequenz im richtigen Moment abzufangen. Einen Augenblick später spielten die Geräte der Sicherheitsleute verrückt. Synchron, als seien sie von einem parallel geschalteten Prozessor gesteuert, zogen sie ihre Schlagstöcke. Sie drückten auf den Auslöser und ließen sie durch die Luft surren. Zwei Millisekunden bevor ihre Spitzen Pauls Stirn berührten, zog er sich mit einer Bewegung, die er sich vorher nie zugetraut hätte, zurück. Die Zielfindung der Stöcke war genau um diesen Moment träge. Sie meldeten den erfolgreichen Treffer und schalteten ihre Elektronik ab. Da es durch seine schnelle Bewegung jetzt aber nichts gab, auf das sie auftreffen konnten, schwangen sie in einem Bogen auf der durch ihre Geometrie bestimmten ballistischen Bahn zurück. Paul korrigierte die Flugbahn mit einem kleinen Impuls seiner Fingerspitzen, so dass sie genau zu den Sicherheitsleuten zurück schwangen. Die Stöcke hatten jetzt zwar nur noch ein Drittel ihrer ursprünglichen Energie, das reichte aber völlig, um den kleineren der beiden Männer umzuwerfen. Der Schlag traf ihn so unvorbereitet, dass er den schräg hinter ihm stehenden Kollegen gleich mit zu Boden riss. „Objekt getroffen" meldete einer der beiden Stöcke. Da das aber im Widerspruch zu der Meldung stand, dass sie bereits vor 40 Sekunden das Ziel getroffen hatten, wurde das Risikoreduktionsprogramm 3 ausgelöst: Ein hochenergetisches Feld, das biologisches und elektrisches Leben in einem Radius von 100 Metern paralysierte. Den Notruf zur Zentrale fing Paul ab. Er wunderte sich, wie gut er mit der Bedienung des kleinen Kästchens in seiner Tasche klar kam.

Die Energie der Stöcke reichte noch für 3 Minuten, dann brach das Feld zusammen. Paul beugte sich über die beiden Männer. Sie waren nicht verletzt. In spätestens fünf Minuten würden sie wieder zu Bewusstsein kommen. Er neutralisierte ihren Chip: Es gab zwei neue Anonyme.

Er setzte sich auf die Bank am Ende des Gleises und beobachtete die beiden. Der Größere kam zuerst wieder zu sich. Er schaute sich um, etwas orientierungslos, rüttelte dann seinen Kollegen, der auch langsam zu sich kam. Paul hörte, so gut das über die Entfernung ging, auf das Gespräch. Die beiden wussten offensichtlich mehr über Anonyme, als er angenommen hatte. Sie wussten welche Chance sie hatten und sie wollten sie nutzen. Paul war zufrieden. Es funktionierte. Die Gesellschaft würde sich neu organisieren, frei organisieren, vor allem frei von einer alles kontrollierenden Zentrale: Autonome Individuen, die so zusammenlebten wie sie wollten.

Paul schlenderte den Bahnsteig entlang, vorbei an den beiden Sicherheitsleuten, die Scanner und Stöcke bereits dauerhaft deaktiviert hatten, nickte ihnen freundlich, fast unauffällig zu und sie nickten zurück. Die Abendsonne schien warm in seinen Rücken.

Vor dem Bahnhof war ein Park. Paul suchte sich eine Bank zum Schlafen. Die Häuser hatten sie vom zentral kontrollierten System noch nicht abkoppeln können. Dazu waren es noch zuwenig Anonyme. Aber das war nur noch eine Frage der Zeit.

Paul genoss die Abendstimmung. Einer der unförmig kantigen, schon etwas verbeulten Gartenroboter tuckerte mit seinen ausgeleierten Servorädern durch den Park. Er hatte offensichtlich die Orientierung verloren. „Geh mir aus der Sonne", meinte Paul, nicht unfreundlich aber deutlich vernehmbar und das Ding setzte sich wieder in Bewegung.

In der Kuppelhalle klappte im Protokoll des Zentralrechners ein Menü auf: „Geh mir aus der Sonne." Diogenes von Sinope, ca. 412 bis 323 v. Chr. Kyniker. Ein paar Nano-Bots schwirrten durch den Saal und tauschten eine der durchgebrannten Recheneinheiten aus. Die Aufzeichnung lief weiter. Keine besonderen Vorkommnisse.

Über den Autor:

Brian T. Ballmoor ist an der University of Georgia, U.S., Professor für Astrophysik und Numerische Mathematik. In seiner Freizeit schreibt er seit vielen Jahren populäre Kurzgeschichten, die in verschiedenen amerikanischen Zeitschriften erscheinen. Themen Ballmoors sind das Verhältnis des Einzelnen zur Gesellschaft und die Auswirkungen technischer Innovationen auf den Handlungsspielraum des Individuums. Seinen Roman „Cable News Manipulation" publizierte er 2012 im Selbstverlag. Die erste Auflage war innerhalb von einem Monat vergriffen.

Pascal-David Dombeaux

Papillons

Opferschale einer enthaupteten Göttin

Typoskript Paris 2985

geschrieben im Jahr 1997

Als am nächsten Morgen die Sonne aufgegangen war, setzte sich ein kleiner braunroter Schmetterling auf den Rand der Schale, die in den Scherben vor der enthaupteten Göttin stand.

(Él-Kà-Lëtsch, Fragmente II. 650a)

1.

Das Gedränge zwischen den Vitrinen löste sich langsam auf. Man konnte jetzt zwischen denjenigen Gästen unterscheiden, die aus Interesse an der Kunst gekommen waren, und denjenigen, die wegen des Vergnügens da waren.

Dass dies für einen aufgeklärten Menschen des Jahres 2085 noch einen Widerspruch darstellte, sollte verwundern. ‚Die Kunst ist das Vergnügen‘, dieses Diktum Marcels du Vue, des großen Protagonisten der dritten Pariser Schule war zu einem festen Bestandteil des Allgemeinwissens jener Zeit avanciert. Trotzdem gab es immer noch Leute, für die Kunst eine vorwiegend ernste Angelegenheit war. In letzter Zeit war es in gewissen Kreisen sogar chic geworden, mit ernsthaftem Gesicht, andächtig schweigend durch eine Museumshalle zu schreiten um dann, in offensichtlichem Widerspruch zu Gesichtsausdruck und Körperhaltung, festzustellen, wie viel Freude die Kunst doch mache und welche Werte sie einem vermittele.

Am äußersten Ende des Saales stand ein kleiner Herr, der offensichtlich jener Gruppe von neu-ernsten Kunstliebhabern angehörte. Er trug einen etwas eng sitzenden weißen Smoking und auf der Nase eine Nickelbrille, die die Frage provozierte, warum man heute immer noch derartig klobige Sehhilfen tragen musste, wo es doch längst Kontaktlinsen und alle möglichen Arten von transplantablen Augenoptiken gab.

Dieser Herr erweckte den Anschein, die letzten hundert Jahre verschlafen zu haben. Er flüsterte leise, und so als sei es aufregend, ja gewissermaßen lebenswichtig, was er da vor der Vitrine sagte. Natürlich hatte er sich für den Vortrag die größte Vitrine ausgesucht. Denn wenn man schon hinsichtlich der Bedeutung der modernen Kunst in den meisten Fällen an Größe nur eine große Unsicherheit fühlte, so war Größe doch ein Zeichen von Bedeutung und weil er in seinem weißen Smoking, aber natürlich auch ohne ihn, klein war, wirkte die Vitrine, vor der er stand, noch größer als sie ohnehin schon war, und gewann so an Bedeutung, zumindest für ihn.

Er sprach von Bögen und gebrochen Linien aus denen sich Muster formten. So richtig war das aber nicht zu verstehen. Was er sagte musste wirklich wichtig sein, denn einige seiner Zuhörer entschieden sich nach den ersten paar Sätzen dann doch dafür, dass das Vergnügen, und notfalls eben auch ohne die Kunst, wichtiger sei. Und so gingen sie, peu à peu, ganz leise, zunächst noch mit vorsichtig tastenden Schritten und meist rückwärts, und dann, je weiter vom Ort des Vortragenden entfernt, auch schneller und vorwärts beiseite, um ein wenig erleichtert auf- und durchzuatmen.

Von der anderen Seite des Saales aus beobachtete eine junge, hochgewachsene, blonde Frau die ganze Szene. Ab und zu nippte sie an einer winzigen Sektschale, die sie leicht verkrampft zwischen Mittel- und Zeigefinger hielt, um dann wieder zu dem Geschehen zwischen den Vitrinen herüberzuschauen. In Ihrem Blick lag etwas von einer unausgesprochenen Befangenheit.

Nur ein paar Schritte von ihr entfernt, standen diejenigen, die es gar nicht nötig fanden, auf so unheimlich ernsthafte Art der Kunst zu huldigen. Silvia ging hinüber, um sich von der beklemmenden Atmosphäre des aus der Ferne beobachteten Vortrags zu befreien.

2.

„Es sind die Fragmente die zählen", Silvia lachte, „und außerdem, wer versteht schon etwas davon?"

„Niemand natürlich." hörte sie von hinten eine ihr bekannte Stimme.

Es war Jule. Sie trug ein Marc Antoine Kleid aus der neuen A51-Kollektion und ihr schwarzes Haar war, nach der neuesten Mode, mit fluoreszierenden Nadeln und Audioperlen aufgesteckt. Silvia hatte die auffällige Frisur schon an der Garderobe gesehen, aber Jule in der neuen Aufmachung nicht erkannt.

Die beiden Frauen lachten und umarmten sich flüchtig. Ihre Körper berührten sich nur für den Bruchteil einer Sekunde, aber trotzdem spürte Silvia, wenn auch nur ganz kurz, das ihr bekannte kantige Medaillon, das Jule auf der Brust unter dem geschlossenen Kleid trug.

Es wurde ein schöner Abend. Man sprach ohne jeglichen Anflug von Ernsthaftigkeit über die Kunst, vor allem über den „kleinen Scherbenhaufen in der großen Vitrine", wie Silvia etwas spöttisch das Exponat nannte, über das der Herr mit der Nickelbrille gesprochen hatte, und das offensichtlich das zentrale Objekt dieser Vernissage sein sollte. Ein schnauzbärtiger Mexikaner erklärte einem Texaner, der erst seit gestern in Paris war, was es mit der Ausstellung in der „Equipe de Quarte" und dem so genannten kleinen Skandal in der Rue der Rome auf sich hatte, über den sich mittlerweile nicht einmal mehr die Boulevardpresse aufregen konnte. Irgendwann nach dem Buffet, als die erste Gäste schon gegangen waren, zogen sich die Herren in eine Ecke zurück, um über die wirklich wichtigen Dinge zu sprechen. Bob hatte endlich einen idealen Golfschläger gefunden, den man mit einem neuen Zweiknopfsystem auf vierhundert unterschiedliche Schlagstärken programmieren konnte. John kannte den Schläger schon und gab nun Ratschläge, wie man durch optimale Kombination der Unterprogramme die Spielstärke noch steigern konnte.

Die Partys bei Auguste de Lesnoens, – offiziell hießen sie „Vernissage mit anschließendem persönlichen Empfang für die Freunde der Kunst" – gehörten nicht wirklich zu den gesellschaftlichen Höhepunkten des Pariser Lebens. Der Titel war bewusst so gewählt, dass er den Eindruck erweckte altertümlich zu klingen; dabei war er, wie ein hochgewachsener Germanist aus Florida bissig bemerkte, eigentlich ein struktureller Modernismus. Aber gerade wegen ihrer lokalen Bedeutungslosigkeit trafen sich Gäste aus Übersee hier gerne. Die Einladungen waren nicht allzu schwer zu bekommen, und es war für sie eine der wenigen Gelegenheiten, mit wirklich Einheimischen zusammenzutreffen. Trotzdem blieb man auch hier meist unter sich. Doch bei den Partys von Auguste de Lesnoens war das so organisiert, dass dies kaum auffiel.

Und wer an derartigen Begegnungen nicht interessiert war, der kam wegen der vierhundertfünfzig Quadratmeter großen Penthauswohnung auf dem Dach des Art

Capital Building, die schon für sich eine Sehenswürdigkeit war. Manchmal traf man hier Leute, die man zu Hause ein ganzes Jahr nicht sah, obwohl man nur wenige Kilometer voneinander entfernt wohnte.

Silvia stand schon eine ganze Weile auf einem der Balkone. Sie schaute auf die, hundertvierzig Stockwerke unter ihr liegende, Stadt, wie man von einem Leuchtturm auf die Brandung des Meeres schaut. Der nächtliche Straßenlärm wogte gedämpft zu ihr empor.

Irgendwann bemerkte sie Jule. Die hatte sie schon eine Weile beobachtet, unbemerkt.

„Na, was sinnst du so?"

Silvia tat so, als bemerke sie den neckischen Unterton, der in Jules Stimme lag, nicht. Einen Moment war es unsicher, in welche Richtung die Stimmung zwischen den beiden Frauen ausschlagen würde. Es war das erste Mal nach dem Abend in Franks Wohnung in San Francisco, dass sie unbeobachtet allein waren.

„Geht es dir gut?"

„Ja. – Und dir?"

„Ja, doch."

Eine Weile standen sie wieder schweigend nebeneinander, fast wie vorher, nur dass sie jetzt einander wahrnahmen. Sie standen nah nebeneinander, aber beide sichtlich darum bemüht den Körper der anderen nicht zu berühren. Silvia trug ihr langes blondes Haar offen. Der Wind spielte damit. Die Finger von Jule fummelten nervös auf den kalten Gitterstäben der Balkonbrüstung.

„Du hast deine Haare wachsen lassen."

„Ja."

„Es steht dir gut."

„Findest du?"

„Ja."

„Es ist aber umständlich. Ich brauche jetzt morgens eine halbe Stunde länger als früher."

„Man gewöhnt sich dran."

Wieder schwiegen die beiden Frauen. Keine war sich sicher, was sie wirklich wollte.

Endlich sagte Jule: „Hast du mit John darüber gesprochen?" „Nein", Silvia wurde rot, „und Du?"

„Nein, ... tut es dir leid?"

„Nein, es ist nur ..."

„Schon gut."

Es schien Jule fast so, als unterdrücke Silvia ein Schluchzen.

Wieder lagen sich die beiden Frauen in den Armen. Fast so wie am Anfang des Abends bei den Vitrinen, doch diesmal war es eine wirkliche Umarmung und nicht das gesellschaftliche tête-á-tête flüchtigen Körperkontaktes.

3.

Bob hatte viel zu viel getrunken. Es machte Silvia Schwierigkeiten, ihn in den Wagen zu bekommen. Als sie es endlich bis ins Hotelzimmer geschafft hatten, gab sie ihm zwei Aspirin. Er schlief sofort ein. Ausnahmsweise schnarchte er nicht. Silvia konnte trotzdem nicht einschlafen. Sie drehte sich auf die andere Seite.

Warum war Paris nur eine so beschissene amerikanische Stadt? Die Seine war nicht der Hudson, doch sie stank genauso, nein noch schlimmer. Und dann die tageslichttauglichen Leuchtreklamen überall, und die Contact Maker, die sich, sobald man einen der gebuchten Reserved Districts verließ, sofort auf einen stürzten, um einem irgendwelchen Plunder zu verkaufen, Uhren die nach einem Tag nicht mehr liefen und Armbänder von denen man Allergien bekam.

Silvia stand auf. Sie suchte etwas zum Lutschen, das beruhigte sie immer wenn sie nicht einschlafen konnte. Licht wollte sie nicht machen und so kramte sie im Dunkeln des Hotelzimmers in ihrem Mantel. Nach längerem Suchen fand sie schließlich die Schachtel in der rechten Manteltasche. Normalerweise saß sie immer links. Die Schachtel war wider Erwarten noch fast voll. Wenigsten eine angenehme Überraschung. Sie zog die Vorhänge an einer Stelle etwas zur Seite und legte sich dann wieder ins Bett. Bob atmete gleichmäßig. Die kleine Schale auf ihrem Nachttisch sah in dem schwachen Licht, das durch den Vorhangschlitz drang, aus wie eines der Exponate der Ausstellung. Silvia schüttete den Inhalt der Schachtel in die Schale.

Paris. Seit drei Tagen waren sie nun schon in der Stadt. Gestern Vormittag waren sie am Eiffelturm gewesen. Manchmal, wenn einige Vögel durch die Projektorfelder flogen, flackerte das Hologramm des Eiffelturms leicht. Die Naturschützer hatten durchgesetzt, dass die Vögel im Stadtgebiet von Paris nicht mehr abgeschossen wurden. Auf der Promenade verteilten sie Flugblätter mit Bildern von in den Laserstrahlen verkohlten Vögeln. Sie forderten, die Projektoren abzustellen.

Was hatte die Stadtführerin noch erzählt? Silvia sah das leicht abfällig hochmütig lächelnde Gesicht der stolzen Französin wieder vor sich. Irgendwann, vor etwa fünfunddreißig oder vierzig Jahren, also so um das Jahr zweitausendfünfzig hatte ein deutscher Farbenhersteller angeboten, den Eiffelturm mit einer durch spezielle, gentechnisch veränderte, Organismen hergestellten Farbe zu beschichten. Die Superfarbe sollte absolut alterungsbeständig sein. Man gab eine Garantie für die nächsten zehntausend Jahre und außerdem ließ sich durch Anlegen unterschiedlicher elektrischer Spannungen die Farbe verändern, Rot, Gelb, Grün, Blau und eine Reihe von Mischfarben waren möglich.

Die Deutschen hatten den Auftrag bekommen. Dann war etwas schief gegangen. Beim Auftragen der Farbe war es zu einer unvorhergesehenen Reaktion mit dem historischen Metall des Turmes gekommen. Beim

Anlegen der elektrischen Spannung, mit der die Farbeffekte ausgelöst werden sollten, wurde ein angeblich garantiert inaktives Gen wieder aktiviert. Aus der Farbschicht krochen kleine grüne Raupen hervor, die sich innerhalb weniger Stunden in den ganzen Turm hineinfraßen. Dann verpuppten sie sich und am Morgen des folgenden Tages schlüpften Millionen von rostig roten Schmetterlingen aus den Kokons. Als sie in die Morgensonne des Pariser Himmels flogen, brachten sie mit ihrem Flügelschlag das hauchdünne Geripppe, das die Raupen von dem stählernen Kollos übrig gelassen hatten, zum Einsturz. Was blieb, war ein kleiner Haufen rostigen Staubs.

Es kam zu einem Prozess vor dem internationalen Gerichtshof in Den Haag, in dem man nach wochenlangem Verwirrspiel um Zuständigkeiten, Befangenheitsanträge, Beweisstücke und widersprüchliche Zeugenaussagen schließlich ein Gutachten des deutschen Farbenherstellers als Beweismittel zuließ. Aus diesem Gutachten ging hervor, dass die Ursache für die „nicht zu erwartende Fehlfunktion eincs fehlerfrei funktionierenden technisch spezialisierten genetischen Mechanismus in der Biochemie der Farbe" – so die offizielle juristische Bezeichnung des Vorfalls –, in einem kleinen Computervirus zu finden war. Ein Computervirus, den vor mehr als 50 Jahren ein ehemaliger Mitarbeiter in den Hauptspeicherkern des Zentralrechners des Farbenherstellers eingeschleust hatte.

Ursprünglich handelte es sich um ein harmloses Spielprogramm mit dem bezeichnenden Namen „Papillons", das der Programmierer für seine Tochter geschrieben hatte. Gefährlich wurde es durch eine Transformationssequenz, die, einmal aktiviert, immer dann, wenn von einem Terminal Informationen über einen genetischen Code abgefragt wurden, diese mit den Algorithmen des Spiels überschrieb. Erkannt hatte man das nicht, weil die Transformationssequenz so geschrieben war, dass sie in den überschriebenen Dateien nicht den Code des ursprünglichen Spielprogramms, sondern die Sprache verwandte, in der die Forscher des Farbenherstellers die genetische Information der von ihnen veränderten Lebewesen abspeicherten.

Das Gutachten kam zu dem Schluss, dass es sich bei dem ganzen Vorgang zwar um einen recht bedauerlichen Vorfall handele, er aber letztlich nur ein Beweis für die absolute Zuverlässigkeit und Funktionstüchtigkeit der Gentechnik darstelle. Ja, so der Gutachter, genau genommen handele es sich um den experimentellen Nachweis der These, dass sich ein Computerprogramm direkt in ein genetisches Programm transferieren ließe. So bedauerlich der Verlust des Eiffelturmes auch sei, der Fortschritt für die Wissenschaft könne nicht hoch genug eingeschätzt werden.

Nach Bekanntwerden des Gutachtens forderte eine deutsche Zeitung prompt, man müsse dem Programmierer postum den Nobelpreis verleihen oder ihn zumindest dafür vorschlagen. Die französischen Zeitungen konterten, dass die Region Frankreich nicht der Schmetterlingsnetzhersteller Europas sei, wie es in einer Schlagzeile hieß. Für zwei Tage war der Prozess um den Eiffelturm und den Farbenhersteller die Meldung in allen Medien. Dann ging man mit genauso großem Eifer über zum nächsten Skandal.

Hinter den Kulissen sah das alles etwas anders aus. Natürlich war das mit dem Gutachten so eine Sache. Und wer konnte schon sagen was wirklich der Fehler war, und wer ihn zu verantworten hatte. Aber das waren keine Fragen für die Politik.

Man hatte sich nun einmal darauf geeinigt, bei politischen Entscheidungen davon auszugehen, dass die Gentechnik sicher sei. Das Vertrauen der Bevölkerung in die Kompetenz der Regierung war sowieso nicht allzu groß. Ein Rückzieher in Sachen Gentechnik sei nur schädlich, meinten die PR-Berater übereinstimmend. Und dann waren da noch die wirtschaftlichen Argumente. Mehr als zwei Drittel der Steuereinnahmen stammten aus Betrieben, die gentechnisch produzierten. Die Landwirtschaft war zu achtzig Prozent auf die neue Produktionsform umgestellt. Und letztlich: Wer wollte schon die ganze Wirtschaftspolitik der vergangenen dreißig Jahre wegen ein paar verrosteter Eisenstangen über den Haufen werfen.

Außerdem: die Mitglieder der französischen Regionalregierung, damals in ihrer ersten Amtsperiode, wollten nicht durch überzogene Schadensersatzforderungen ihre einträglichen Vorstandsposten in der Europäischen Union der Farbenhersteller gefährden.

Es kam schließlich, nach zweijährigen Verhandlungen in dem Den Haager Prozess dann nicht einmal zu einem Urteil. Die Parteien schlossen einen außergerichtlichen Vergleich. Die deutsche Firma, – obwohl, das wurde ausdrücklich festgehalten, ohne ursächliche Schuld, gewissermaßen schuldlose Bewirkerin eines nicht ganz schuldlosen Verhaltens –, sagte zu, die Kosten für den Wiederaufbau oder andere geeignete Wiederherstellungsmaßnahmen zu übernehmen. Dafür verzichtete die französische Gebietsregierung als Nachfolgeorganisation des französischen Ministerpräsidenten und Vertreter der obersten Verwaltung der Stadtgemeinde von Paris auf jegliche heute möglichen oder zukünftig möglich werdenden Schadensersatzansprüche, sowie auf die angedrohte Kürzung der Subventionen im intereuropäischen Regionalausgleich. Die Kosten des Verfahrens trug der Steuerzahler.

Einige Wochen später traf man sich noch einmal, zu einer bereits vorab vereinbarten, fast informellen und in den Medien kaum beachteten Nachverhandlung. Das Ergebnis war, dass die Subventionen für den Farbenhersteller noch einmal erhöht wurden, um einen Betrag, der, wie sich nachher herausstellte, fast doppelt so hoch war wie der Betrag, der vom Farbenhersteller als Schadensersatzleistung zu erbringen war.

Dass die deutsche Firma durch den Schaden, den sie mit ihrer Schmetterlingsfarbe verursacht hatte letztlich noch einen satten Gewinn einstrich, war nicht mehr dem Vortrag der Stadtführerin zu entnehmen. Zwei Reihen vor Silvia hatte ein Japaner gestanden, der seinen drei Töchtern eifrig Zusatzerklärungen gab. Sie hatte aus dem Gezischel des eifrigen Bildungstouristen nicht alles verstehen können, so gut waren ihre Japanischkenntnisse dann doch nicht, aber sie verstand worum es ging.

Silvia musste plötzlich wieder an Jule denken. Der Gedanke an den Eiffelturm, den man schließlich in einer wetterfesten holographischen Projektion hatte wieder entstehen lassen, hatte sie so schön abgelenkt. Was hatte ihre Gedanken nur wieder zu Jule gebracht? – Ach ja, das Parfüm des Japaners. Es war dasselbe wie das von Jule. Ein Mann der Frauenparfüm benutzt, Silvia lächelte. Sie hatte den Duft von Jules Parfüm immer als sehr angenehm empfunden. Es war, wenn sie sich recht erinnerte, das erste Mal, dass ein Parfümduft sie angesprochen hatte. Vielleicht war Jules Parfüm ja auch ein Herrenparfüm. Silvia lächelte wieder.

Morgen würden sie sich also wieder sehen. Sie hatten sich, als sie sich an der Garderobe verabschiedeten, verabredet, im Zentral-Garten an der siebten Seine-Brücke.

Paris war wirklich eine fürchterlich amerikanische Stadt. Sogar die Straßen waren durchnumeriert, dabei sollte es in Europa doch noch Straßennamen geben. Aber das war wohl einmal.

Morgen also, und fast in Amerika.

4.

Bob wurde gegen neun Uhr wach. Er stand leise auf, um Silvia nicht zu wecken und fuhr mit dem Lift zum Frühstück in die Galerie. Als er schon lange fertig war und Silvia noch immer nicht gekommen war, ließ er sich von einem der Kellner ein Tablett geben. Unter dessen erstaunten Blicken packte er so viel vom Frühstücksbüfett auf das Tablett, wie er gerade noch tragen konnte und fuhr dann mit dem Lift zu Silvia aufs Zimmer.

„Aufstehen, Frühstück, du Langschläfer."

Silvia drehte sich nicht um. Bob stellte das Tablett ab.

„Komm hör auf Silvia. Ich weiß, dass du wach bist."

Wieder keine Reaktion.

Was sollte das? War sie sauer auf ihr? Es war doch, abgesehen von ein paar kleinen Sticheleien, gestern Abend nichts Schlimmes zwischen ihnen vorgefallen. Oder doch?

Silvia war gestern den ganzen Abend etwas komisch gewesen, ja, anders als sonst, wenn sie auf einer Party waren. Sie hatte mit der neuen Frau von John zusammen gesessen, Jule oder so; eine komische Person. Manchmal hatte Bob sie beobachtet, die beiden Frauen, das überfleißige Lachen, alles etwas verkrampft und unnatürlich. Eine so hysterische Art hatte er an Silvia bisher nicht bemerkt. Er hatte sich nicht wohl gefühlt, bei dem was er da sah. Also hatte er so wenig wie möglich hingeschaut und dafür etwas mehr getrunken.

„Komm Silvia, wenn ich gestern Abend etwas ausfallend gewesen sein sollte, tut es mir leid."

Er ging um das Bett herum.

„Silvia ... !"

Der Satz, den er hatte sagen wollen, blieb ihm im Hals stecken. Es dauerte eine ganze Zeit, bis er sich soweit gefasst hatte, dass er etwas tun konnte. Im dritten oder vierten Anlauf schließlich gelang es einer seiner zittrigen Hände den Telefonhörer zu fassen. Der junge Mann am anderen Ende der Leitung verstand zwar nicht, was Bobs zusammenhangloses Gestammel bedeuten sollte, machte dann aber doch das richtige, indem er, eigentlich vorschriftswidrig und, unter Umgehung der Sicherheitsabfrage und des Einverständniscodes, die Video-Raumüberwachung einschaltete, und nachdem er sah was los war, den Hotelarzt auf das Zimmer schickte. Der pumpte Silvia sofort den Magen aus. Dabei bemühte er sich, möglichst ruhig und professionell gelassen zu wirken. Mit monotoner Stimme, die, obwohl er laut und vernehmlich sprach, fast so klang als flüstere er, diktierte er die Werte, die er von dem kleinen portablen Bifometer ablas in ein Memophon, das so aussah, als stamme es noch aus dem 20. Jahrhundert. Ab und zu musterte er den verstörten Ehemann durch die runden Gläser seiner Nickelbrille, immer ein wenig abwertend distanziert.

Die beiden Hausdetektive, die mit ihm gekommen waren – man konnten ja nie wissen bei einem verrückten Ehemann und einer vergifteten Frau –, suchten unterdessen auf Anweisung des Arztes nach der Tablettenschachtel, um schon vor dem Feststehen der Laborbefunde zu wissen, welches Gegengift gespritzt werden könnte.

Bob saß bewegungslos auf einem Hocker in der Ecke des Hotelzimmers und schaute apathisch auf die Schale, die auf Silvias Nachttisch stand. Auf ihrem Rand ein Muster aus einem Bogen und einer gebrochenen Linie.

Silvia und Jule hatten am Abend an der Garderobe unbemerkt ihre Mäntel vertauscht. Statt ihrer Lutschpastillen hatte Silvia im Dunkeln in Jules Mantel eine Packung Schlafpillen gefunden. Die hatte sie in die Schale geschüttet und eine nach der anderen gelutscht.

Marcellus M. Menke

Wie Musik für die Augen zum Lesen

Geschenkte Gedichte

Köln 2015

ISBN: 9783837021738

Marcellus M. Menke

Für einige Augenblicke

Gedichte

Köln 2016

ISBN: 9783741256493